LES RÉVOLTÉS DU ROI DU MONDE

DU MÊME AUTEUR
CHEZ LE MÊME ÉDITEUR

Nº 1 : LA HACHE DE BRONZE
Nº 2 : LE GUERRIER DE JADE
Nº 3 : LES AMAZONES DE THARN
Nº 4 : LES ESCLAVES DE SARMA
Nº 5 : LE LIBÉRATEUR DE JEDD
Nº 6 : LE MAUSOLÉE MALÉFIQUE
Nº 7 : LA PERLE DE PATMOS
Nº 8 : LES SAVANTS DE SELENA
Nº 9 : LA PRÊTRESSE DES SERPENTS
Nº 10 : LE MAÎTRE DES GLACES
Nº 11 : LA PRINCESSE DE ZUNGA
Nº 12 : LE DESTRIER DORÉ
Nº 13 : LES TEMPLES D'AYOCAN
Nº 14 : LES RÊVEURS DE XURA
Nº 15 : LA TOUR DES DEUX SAGESSES
Nº 16 : LES MERS DE CRISTAL
Nº 17 : LES CHASSERESSES DE BREGA
Nº 18 : L'ÉCHIQUIER VIVANT DU HONGSHU
Nº 19 : LES RAVAGEURS DE THARN
Nº 20 : LES BARBARES DE SCADOR
Nº 21 : LES CONSACRÉS DE KANO
Nº 22 : L'EAU DORMEUSE DE DRAAD
Nº 23 : LES CINQ ROYAUMES DE SARAM
Nº 24 : LES DRAGONS D'ANGLOR
Nº 25 : LA TRIBU ROUGE DES KARGOIS
Nº 26 : LES ANDROÏDES DE MAK'LOH
Nº 27 : LA COURTISANE DE DAHAURA
Nº 28 : LE MAGICIEN DE RENTORO
Nº 29 : LE TYRAN DE TARGA
Nº 30 : LE MALÉFICE DU NGAA
Nº 31 : LES GLADIATEURS DE HAPANU
Nº 32 : LES RÉVOLTÉS DE MYTHOR
Nº 33 : LA FORÊT CARNIVORE DE JAGHD
Nº 34 : LES DESCENDANTS DES MAÎTRES DU CIEL
Nº 35 : LES SEPT DUCHÉS DU FLEUVE CRAMOISI
Nº 36 : LA VENGEANCE DU MAÎTRE DU CIEL
Nº 37 : LA CAVERNE DE L'IDOLE
Nº 38 : LES AÉRIENS DE K'TAR
Nº 39 : LES DIEUX DE LA MORT LENTE
Nº 40 : LES MANGEURS D'HOMMES D'ILETROIS

N° 41 : LES CHEVALIERS-DRAGONS DE KHARM
N° 42 : LES ADORATEURS DE DSCHUBBA
N° 43 : L'EMPEREUR DE WORAD
N° 44 : LES HORDES DU GRAND OCÉAN
N° 45 : LES LÉGIONS DE KORUM
N° 46 : L'ÉMERAUDE DE JOKKUN
N° 47 : LES DEUX REINES DE DRAKO
N° 48 : LES ZOMBIES DE VIKKA
N° 49 : L'AMBASSADRICE DES KHUNS
N° 50 : LE PROPHÈTE FOU DE DRYDEN
N° 51 : LE FIEF DE CIPANG'HO
N° 52 : LES PRÊTRES-ROIS DE TARKOS
N° 53 : LES BERSERKERS DU PAYS-ROUGE
N° 54 : LES HORDES DE PIERRE
N° 55 : L'ENVOYÉ DE MICTAN
N° 56 : LE COMBAT DES MAGICIENS
N° 57 : LE COMPLOT DES SIN'KAS
N° 58 : LES SÉQUESTRÉS DE RHIVA
N° 59 : LE TRAÎTRE DU JEHOL
N° 60 : LES CYCLOPES DU DIEU SERPENT
N° 61 : LE GRAND MAÎTRE DE VIE
N° 62 : LA DIMENSION APOCALYPSE
N° 63 : LA CITÉ DES FEMMES-CLONES
N° 64 : LA REINE DES OMBRES
N° 65 : LE CENTAURE D'ABYSSIA
N° 66 : L'ARBRE SACRÉ DE SERENDEH
N° 67 : LE SAGE DE GERONYA
N° 68 : LE ROYAUME DE FÉLICITÉ
N° 69 : LE TEMPS DU RÊVE
N° 70 : LA RÉSURRECTION DE KAAH
N° 71 : LE SOMMEIL D'AMNESIAH
N° 72 : L'ENFER D'APOKALYS
N° 73 : L'OISEAU DE PAIX
N° 74 : LA CITÉ D'IVOIRE
N° 75 : LE FEU D'ODYSSIAH
N° 76 : LES RAPACES DE VESTA
N° 77 : LES ESCLAVES DU DIEU OLOS
N° 78 : LA FAUCHEUSE D'ÂMES
N° 79 : LE SANCTUAIRE DE DAGON
N° 80 : LA CITADELLE DE LA NUIT
N° 81 : LA LUMIÈRE DE KREST
N° 82 : LE SANG DU DIEU BLANC
N° 83 : L'ARCHIPEL DE LA SALAMANDRE
N° 84 : LA VIERGE DES GLACES

Nº 85 : LES SEIGNEURS DES TÉNEBRES
Nº 86 : L'EMPIRE DES ÉCAILLES
Nº 87 : LES CONJURÉS DE LA FLAMME ROUGE
Nº 88 : LA MONTAGNE DU CIEL
Nº 89 : LES GUERRIERS NOIRS D'YSLIS
Nº 90 : LE DÉMON NOIR DE CIPHANG
Nº 91 : LA CONSPIRATION DES MARTYRS
Nº 92 : L'IMMORTEL DE PANGEA
Nº 93 : LE TRAÎTE D'ARTIS
Nº 94 : LES NEIGES DE L'APOCALYPSE
Nº 95 : L'ÉVADÉ DE BRANNAG

JEFFREY LORD

LES RÉVOLTÉS DU ROI DU MONDE

Adapté de l'américain
par Raymond Audemard et Arnaud Dalrune

VAUGIRARD

Illustration de couverture : Loris

Produced by Lyle Kenyon Engel

ISBN : 2-265-00261-5
ISSN : 0395-7780

CHAPITRE PREMIER

Parfois, tu choisis le Bien; parfois le Mal. Aujourd'hui, c'est pour le Mal que tu as opté. À tes risques et périls... « La frontière n'est jamais aussi précise » se disait Richard Blade en lisant la pancarte affichée au dessus de l'entrée.

C'est d'un pas alerte que Blade, accompagné d'une blonde et mince compagne, pénétra au cœur du London Dungeon, le musée de cire des horreurs londonien.

Afin de mettre les spectateurs dans l'ambiance, les couloirs sombres ruisselaient d'humidité. On distinguait à peine son voisin. Les ténèbres étaient soudain transpercées par les projecteurs qui illuminaient des scènes particulièrement réalistes. Des sacrifices humains des premiers temps aux tortures les plus raffinées d'un Moyen-âge — qui avait, en ce domaine, fait preuve d'une inventivité et d'une ingéniosité restées sans égales —, aux scènes d'épidémie d'un réalisme diabolique, la gamme des atrocités était parcourue de main de maître.

La jeune fille pressait spasmodiquement le bras de son compagnon. Insensiblement elle se raidissait et ses ongles — très longs, Blade était en train de s'en rendre compte — s'incrustaient dans la chair de son compagnon. Elle refusa catégoriquement de s'approcher d'un décor où gisaient des malades de la peste. Les bubons suintants étaient plus vrais que nature.

— Sortons, Richard. J'en ai assez de toutes ces horreurs.

— À côté de la vie réelle, tout cela est bien anodin, pourtant.

La mort c'est autre chose qu'une image pour musée des horreurs.

Toujours dans une semi-pénombre éprouvante pour les nerfs sensibles, ils pressèrent le pas vers l'extrémité de la galerie.

Blade et sa compagne venaient enfin de retrouver la lumière du jour, quand un bip caractéristique se mit à retentir dans sa poche. Il sortit son téléphone portable de la poche de son veston.

Une seule personne connaissait son numéro, inutile donc de s'enquerrir de l'identité de son interlocuteur. J, son chef au MI6, ne l'appelait jamais pour lui demander de ses nouvelles. Une mission l'attendait.

Blade s'était souvent demandé si son chef ne possédait pas quelque pouvoir extrasensoriel, il semblait toujours savoir à quel moment son appel tomberait le plus mal…

Après un soupir faussement excédé et un petit sourire d'excuse à destination de la jeune femme, il répondit :

— Je sors d'en prendre, répondit-il en riant, puis, après un silence : Oui des horreurs. Non, non, rassurez-vous, je parlais du London Dungeon.

La jeune fille entendit une sorte de grommellement à l'autre bout du fil.

— Bien, acheva Blade, je règle une petite…euh…affaire et j'arrive. J'y serai dans vingt minutes.

Blade avait noté le ton inhabituel, tendu, de J.

Après avoir empoché son appareil, il avisa la circulation dense de cette fin d'après-midi londonienne. Venant de la City, le quartier des affaires, les véhicules traversaient en flot continu le London Bridge. Voitures allemandes, américaines, françaises, mais surtout japonaises ; l'industrie automobile britannique était bel et bien en voie de disparition, et ce n'étaient pas les quelques Rolls et Rover qui rétablissaient l'équilibre. Heureusement il restait les taxis, symboles en apparence immuable de la spécificité londonienne. Blade héla un de ces hauts véhicules noirs, mais il fila sans s'arrêter. Le second fut le bon. Il y fit monter la jeune fille. Voulant l'embrasser une dernière fois, il se vit opposer une moue de dédain. Elle lui ferma la porte au nez.

— “L'affaire” n'a plus rien à te dire. Elle est réglée, ne t'inquiète pas.

Il eut un geste pour se justifier. Mais il se ravisa. À quoi bon ! Il n'y avait rien à expliquer, rien à comprendre. Il paya la course. Puis, après avoir regardé partir le cab noir, il prit la direction de la Tour de Londres, toute proche.

La vieille forteresse qui relait tant de secrets enfouis dans ses entrailles historiques, se dressait sur l'autre rive de la Tamise, à droite du London Bridge, qu'il remontait.

Aujourd'hui les souterrains séculaires abritaient les installations du projet DX. Un programme de recherche extraordinaire, une ouverture sur les dimensions parallèles à la nôtre, le dernier moyen pour une Angleterre déclinante de s'offrir un nouvel empire colonial, un empire interdimensionnel. pourtant, malgré les sommes colossales investies et le génie de Lord Leighton — le savant qui régnait sur le porojet DX —, l'opération gardait un caractère expérimental. Seul Richard Blade pouvait se déplacer entre les dimensions, seul son cerveau avait pu résister aux effroyables tensions de la translation.

Cependant les expériences se poursuivaient : des voyages dans d'autres univers où l'agent anglais devait affronter des êtres et des situations extraordinaires, armé de sa seule force et de sa seule intelligence.

En marchant, l'agent spécial se demanda où les ordinateurs de Lord Leighton allaient pouvoir l'envoyer cette fois. Il était fier d'être un pionnier. Depuis combien de temps participait-il aux expériences de Lord Leighton, ce savant génial... mais un peu fou comme il se doit ? Il ne savait plus. Il avait appris à ne plus se fier au temps. La durée de ses séjours dans les autres dimensions étaient sans commune mesure avec la durée des expériences dans les souterrains du complexe scientifique. Il avait déjà vécu plusieurs vies. Parfois il se demandait si le temps avait encore prise sur lui. Depuis que les machines du projet DX l'expédiaient dans d'autres dimensions, il n'avait pratiquement pas changé. Et pourtant, il était déjà un agent au palmarès impressionnant lorsque la Special Branch du MI6 l'avait sélectionné.

Tout à ses réflexions, il rentra mécaniquement dans le château-musée. En cette fin de semaine de septembre, les touristes n'étaient pas très nombreux. Blade répondait sans y prêter beaucoup d'attention, aux petits signes de salut des guetteurs anonymes disséminés dans l'enceinte.

Ses pas le portèrent devant la porte d'accès du royaume du scientifique le plus fantastique du siècle, peut-être de l'histoire... mais dont le destin était de rester méconnu, pour l'instant.

Avec quelque surprise, il remarqua les mines particulièrement sombres et préoccupées des hommes de la Special Branch chargés de le contrôler. Habitué à leur visage fermé mais surtout à leur regard indifférent, il comprit que quelque chose de grave avait dû se produire.

Blade, intrigué, se dirigea vers l'ascenseur dissimulé dans le mur. Il actionna le bouton secret. La fausse vitrine s'effaça, laissant apparaître l'ouverture du monte-charge. Il s'y introduisit. Quelques secondes plus tard, il parvenait à destination.

J, son chef au MI6, n'était pas là pour l'accueillir. À l'autre bout du tunnel, il aperçut une animation inhabituelle. Il y avait beaucoup trop de monde à proximité de la salle des ordinateurs. En progressant, Blade distingua plusieurs blouses blanches. Détail qui, ajouté à la couleur immaculée des murs et à l'éclairage trop clair, trop puissant, amplifiait sa sensation de progresser dans un couloir d'hôpital.

Il s'agissait effectivement d'infirmiers et de médecins. D'autres personnages, en costume sombre, la bonnette discrète d'un récepteur HF dans l'oreille, avaient tout de l'agent des services de sécurité. Tous s'affairaient autour d'un brancard. Le fauteuil de Lord Leighton tournait en tout sens. J, qui était parmi eux, aperçut Blade et vint à sa rencontre.

— Ah ! Richard, vous voici enfin…

— Pourquoi une telle agitation ?

— C'est Alan Fried. On l'avait translaté...

Il n'en fallut pas plus, Blade avait deviné : un nouveau

candidat au voyage interdimensionnel avait mal fini. Il connaissait peu ce Fried. Il ne l'avait croisé qu'à deux ou trois reprises. C'était un garçon plutôt sympathique, ouvert, souriant... et jeune.

— Il est devenu fou ? demanda Blade se souvenant du sort de certains des candidats précédents.

Les brancardiers passaient juste à ce moment à côté d'eux. J les arrêta. Le drap recouvrait le visage de l'agent. Le chef du MI6 le saisit entre ses doigts et le souleva. Blade ne put contenir une grimace. Le visage était comme dévoré ou arraché par de gigantesque griffes. Ce n'était plus qu'un volcan de chairs martyrisées.

— Comment pouvez-vous être totalement sûr que c'est Fried que vous avez récupéré ?

— À un tatouage qui se trouvait sur l'une des rares parties du corps laissée intacte. Nous espérions avoir mis la main sur un bon sujet avec ce pauvre Fried. Il avait franchi avec succès toutes les étapes de sélection. Mais, mon cher Blade, je crois que vous êtes encore pour une durée indéterminable l'unique voyageur des dimensions. Désolé.

— Indéterminable ou interminable...

— Tout a une fin, vous le savez.

— La vie également...

Une fois éclipsés les hommes des services médicaux et de la sécurité, il ne resta plus que Blade, J, Lord Leighton, qui allait et venait dans sa chaise roulante, et Shadwick son assistant. Le vieux savant déboula à toute vitesse.

— Allez, allez, assez de temps perdu ! s'exclama-t-il cyniquement. Il faut se remettre au travail.

— Vous voulez dire que nous allons procéder à une translation maintenant ? demanda Blade, abasourdi.

Mais le scientifique était déjà reparti vers ses consoles. J se racla la gorge, il n'osait pas regarder Blade en face tandis qu'il répondait à ce qui était plus une exclamation qu'une véritable question.

— Leighton a horreur de rester sur un échec, commenta J. Il

compte sur vous. Nous comptons tous sur vous. Plus que jamais le programme repose sur vos épaules.

— Et moi, je dois, sans doute, compter sur la chance ? conclut-il avec une certaine ironie.

Il n'attendit pas la réponse et se dirigea vers le vestiaire. Lentement, il ôta ses habits. Dans la salle, Lord Leighton pestait.

— On se presse, on se presse. Ce malheureux incident ne doit pas interrompre notre travail.

Tous les vêtements de Richard Blade se retrouvèrent bientôt sur une chaise. Il savait qu'il les retrouverait exactement au même endroit. Il décrocha de son cou une petite chaîne en or massif, ornée d'un petit marteau du même métal. Cadeau d'une jeune admiratrice islandaise, lors de son dernier séjour au pays des geysers et des volcans. Et d'ailleurs, à propos de volcan, la jeune femme... Mais il chassa vite cette image de son esprit. Ce type de… pensées parasites étaient de nature à bouleverser son équilibre hormonal et susceptible de modifier sa réponse aux stimuli du système complexe biologico-informatique qu'il formait avec l'ensemble des ordinateurs du projet DX.[1] Ce n'était pas le moment, sourit-il. La voix de crécelle du savant le rappela à l'ordre.

— Comment pouvez-vous être si lent, bon sang ?

Blade enleva sa montre.

Il était nu. Sur une étagère, des boîtes rondes anonymes attendaient. Il en attrapa une, l'ouvrit. Un rictus traduisit son haut-le-cœur. Impossible de s'habituer à cette odeur ! La crème de protection exhalait toujours ses pestilentielles senteurs. Il plongea le doigt dans la matière visqueuse et commença à s'en enduire. Elle allait lui éviter les brûlures des électrodes et faciliter la conduction des ondes permettant la translation.

Bientôt, Blade fut entièrement recouvert. Il ceignit une serviette en guise de pagne afin de respecter la très victorienne pudibonderie du vieux savant, et revint vers la salle des

---

[1] Voir *Le Traître d'Artis*, Blade n° 93.

ordinateurs. Les consoles clignotaient.

— Bonne chance, lui adressa J, paternel.

L'agent spécial s'avança fermement vers le fauteuil de translation. Il s'assit au centre de la cabine. Tout le monde semblait affairé aux commandes et il commença seul à poser les électrodes.

Shadwick abandonna ses pupitres lumineux pour venir achever la mise en place des fils.

Lord Leighton consultait un listing informatique qui sortait de la machine.

— Bon ! Prêt ?

Shadwick leva le pouce pour signifier que tout était OK. Le professeur appuya sur une touche et la valse des lumières familières entama sa phase finale. La phase finale de son SIDA, de son “Saut Inter-Dimensionnel en Aveugle”, se prit à plaisanter intérieurement Blade.

Et la douleur de la translation s’abattit sur lui.

CHAPITRE II

Sa vitesse était phénoménale. Blade avait le sentiment qu'il allait franchir le mur du son. Et ses tympans étaient sur le point d'imploser. Des flashes de lumières vives l'aveuglaient. Peut-être était-il, en fait, en train de vivre une NDE (*Near Death Experiment*), s'engouffrant dans le troublant tunnel de la Mort, son corps astral relié à son corps physique par un cordon ombilical d'argent en train de se distendre. Jusqu'au point de rupture, jusqu'au point de non-retour, jusqu'à la mort.

Son être n'était plus qu'une immense souffrance brûlante. L'image du rake, un instrument de torture raffiné qu'il avait vu quelques heures plus tôt au London Dungeon s'imposa un instant à son esprit sur fond d'explosions lumineuses, il s'agissait d'un chevalet qui écartelait lentement le suplicié, arrachant lentement ses membres après les avoir déboîtés, disloqués. Mais même ce supplice devait être plus doux que ce qu'il ressentait en cet instant. Ce n'étaient, en effet, pas seulement ses quatre membres, mais chacune des particules de son être qui semblaient lui être arrachée. Il avait déjà accompli près d'une centaine de translations, et pourtant il ne s'y habituait pas. Aucun être humain, si fort soit-il, ne peut s'habituer à l'inhumain.

Enfin, il éprouva les premiers signes de la recorporation.

Soudain, il se sentit choir dans le vide.

Un monticule de sable amortit sa chute, et il dévala, mi-roulant mi-titubant une courte dune. Du sable, il y en avait partout, et plus particulièrement en suspension dans l'air. Une tempête, heureusement pas très violente, soufflait. Il faisait sombre, mais une vague luminosité — la lueur lunaire se reflétait sur les particules de sable en mouvement — donnait une apparence fantomatique à son environnement immédiat.

Les infimes particules de silice étaient en train de recouvrir son corps d'une pellicule légèrement ocrée qui lui donnait l'aspect d'une statue antique.

Rester sans bouger risquait d'ailleurs de confirmer définitivement, et mortellement, cette comparaison, il lui fallait trouver un abri, un obstacle à intercaler entre lui et le vent de sable.

Bientôt il atteignit une plaque de rocher qui affleurait ; au moins n'était-il pas égaré au milieu d'un désert de sable !

Des ombres mouvantes attirèrent soudain son attention. Des formes imprécises mais qui se matérialisèrent rapidement. Des hommes, plus précisément des hommes qui se battaient, à en juger par les échos du combat — cris, imprécations, chocs des épées, fer contre fer —, que le vent apportait par rafale .

Blade se courba et avança discrètement vers le théâtre de l'affrontement, jusqu'à qu'il puisse distinguer les protagonistes. Des hommes de très grande taille, vêtus de longues redingotes et chaussés de hautes bottes, se battaient contre une myriade de guerriers de petite taille, habillés de vêtements sombres. En s'approchant, Blade réalisa que ceux qu'il avait pris, dans la pénombre, pour des géants n'étaient guère plus grands que lui, mais qu'ils portaient de hautes toques de fourrure. Leurs adversaires étaient, eux, coiffés de bonnets, sortes de chapkas de fourrure rase très sombre, et qui enveloppaient le crâne.

Le combat avait déjà été meurtrier, et de nombreux corps jonchaient le sol. Utilisant au mieux les accidents de terrain, Blade parvint près d'un corps, celui d'un des guerriers en redingote et entreprit de le délester de son uniforme. Le pantalon était à sa taille, ainsi que les bottes, mais il n'eut pas le temps de s'emparer de la chemise du mort : une lame frôla son épaule et vint se ficher dans le sol à quelques dizaines de centimètres de lui. Dans un mouvement réflexe, il ramassa l'arme qui reposait près du corps qu'il était en train de déshabiller, et il para le second assaut. Son agresseur, un petit homme ricanant, son couvre-chef enfoncé jusqu'aux sourcils, enchaînait les attaques avec une rapidité et une précision diabolique. Blade dut faire appel à toute sa science de l'escrime pour détourner la lame qui vint, à plusieurs reprises, menacer sa gorge. Mais finalement son allonge supérieure et sa force physique — il pesait au moins une vingtaine de kilos de plus que son adversaire — eurent raison de la résistance de ce dernier. D'un revers, il avait écarté son arme et, prenant l'homme par surprise, il avait pénétré sa garde et lui avait assené un crochet qui l'avait sonné, moment de désorientation que Blade avait mis à profit pour lui trancher la gorge d'un retour de lame.

Le lieu du combat, en fait une succession de duels et d'escarmouches mettant aux prises une poignée de combattants, s'était déplacé et Blade était maintenant au coeur de la mêlée.

Plusieurs petits hommes avaient convergé sur lui et il avait fort à faire maintenant. Frappant de taille et d'estoc, il se débarrassa rapidement de la plupart de ses adversaires qui étaient de piètres bretteurs.

C'est alors que le sort choisit définitivement son camp pour lui : un des hommes de haute taille semblait sur le point de céder sous l'assaut de ses ennemis, et Blade se porta à son secours. Dos à dos, ils combattirent quelques instants et le sang des petits hommes aux bonnets rouges teinta de sombre le sable et la pierre sur laquelle ils évoluaient. Blade s'était en effet aperçu, en les combattant au corps à corps, que ses ennemis portaient des coiffures teintes d'un rouge foncé, couleur de sang séché.

Toujours accompagné de l'homme dont il venait de sauver la vie, Blade opéra une série de raids meurtriers, prenant à revers les groupes qui assiégaient les hommes en redingote. Surpris, bousculés par la furia et abasourdis de voir aboutir une contre-attaque alors qu'ils pensaient que le sort de la bataille était scellé, les petits hommes sentirent passer le vent du doute, celui qui précède de peu celui de la défaite.

Galvanisés, leurs adversaires reprirent l'offensive et le sens du combat bascula. Les exclamations et les cris de triomphe anticipé firent place aux halètements des hommes soudain assaillis par la lassitude et la peur. Les hommes aux hautes toques, à l'inverse, se dépensaient sans compter, abattant leurs sabres avec des han ! de bûcheron. Les têtes volaient, les membres sectionnés vomissaient le sang à gros bouillons, le sable porté par le vent venait abraser les plaies, ajoutant cette torture à celles du combat.

Bientôt les derniers duels cessèrent et les vainqueurs, habités par la fatigue, se regardèrent, comme étonnés d'être encore en vie. Parmi les combattants un homme grand et mince, ses traits se perdant dans une épaisse et longue barbe noire, attira immédiatement l'attention de Blade.

L'intérêt semblait réciproque et le guerrier s'avança vers lui. Son port laissait deviner l'officier habitué au commandement. Ses mains immenses étreignaient encore la poignée de son sabre qui dégoulinait de sang. Il lança un ordre bref et les hommes en redingote, comme les avait surnommés Blade, se formèrent en cercle. Un cercle dont il occupait le centre. Ses compagnons de combat s'étaient mués en ennemis, et là, pas question de jouer sur la surprise. D'ailleurs Blade n'avait guère le choix, les hommes aux vêtements sombres étaient les seuls survivants, il avait combattu à leurs côtés. Il allait devoir faire confiance à leur discernement. Il pria un court instant pour que cette qualité ait été attribuée aux soldats de cette dimension.

Tout à coup il sentit un choc violent derrière sa tête.

Puis ce fut le noir.

— Je suis sûr que c'est un espion.

— Tuons-le. Il a volé l'uniforme de Halvan, c'est un détrousseur de cadavres.

— Silence ! Sa présence ici est étrange, ce n'est pas un Tcherkysse, il faut que l'atman le voie.

Blade reprenait conscience, ses bras avaient été entravés et plusieurs sabres pointés sur son visage et son torse le convainquirent de ne pas bouger. La dernière voix à s'être exprimée était celle de l'homme à la barbe noire. Quant à cet "atman", il devait s'agir de l'autorité supérieure. Il pourrait donc s'expliquer, ou du moins essayer. Comme lors de chacune de ses translations, il devait justifier de ses origines et expliquer sa présence sur le terrain.

On le releva sans ménagement.

Le vent de sable s'était calmé. Mais la bouche, les narines et les yeux de Blade étaient envahis de petits grains de silice.

Il fut mené vers un enclos sommaire où se trouvaient un certain nombre de chevaux. Toujours entravé, il fut soulevé et posé en selle sur un petit étalon nerveux qui piaffait en hennissant sourdement.

La colonne se mit en marche dans la nuit. Au bout de quelques dizaines de minutes ils atteignirent un vaste campement. Des appels et des réponses hurlées prévinrent les gardes du bivouac de l'arrivée de la troupe.

Une enceinte de chariots reliés par des amas d'épineux encerclait un moutonnement de tentes hémisphériques. Des feux brûlaient à intervalles réguliers, éclairant de lueurs dansantes les parois des abris et des véhicules. Selon toute évidence les montures et les bêtes de trait se trouvaient dans un corral qui devait être abrité au sein du campement.

Cela ressemblait au cantonnement provisoire d'une armée en campagne.

Le petit groupe pénétra par l'ouverture qui lui avait été dégagée dans l'enclos.

Attirés par le bruit, des hommes sortaient des tentes, se rassemblant autour d'eux. Après avoir mis pied à terre et remis les rênes de leurs montures à une sentinelle, le guerrier à la barbe noire, Blade et deux soldats quittèrent le groupe et se dirigèrent vers ce qui semblait, plus qu'une tente, être une grande yourte.

Blade avait mis à profit le court déplacement pour observer ses gardiens. Ce qu'il avait pris d'abord pour des redingotes étaient de longs manteaux de tissus épais, noir, boutonnés jusqu'à la taille et qui s'évasaient sur une tenue cavalière ; ils portaient en outre de hautes bottes cirées et des culottes de forte toile grise. Deux cartouchières se croisaient sur la poitrine de la plupart des hommes. Ceci, ajouté aux hauts bonnets de fourrure, leur conférait l'aspect de guerriers cosaques de la dimension d'origine de Blade.

Par l'ouverture en partie dégagée, on voyait un feu brûler à l'intérieur. Deux soldats montaient la garde à l'extérieur. Ils étaient revêtus du même uniforme. Des sabres courbes pendaient à leur ceinture. Ils s'écartèrent pour laisser le groupe pénétrer à l'intérieur.

Au centre de l'abri, Blade aperçut un homme assis devant une table. Le cadre était un subtil et curieux mélange d'austérité militaire et de raffinement oriental. Des armes étaient suspendues au mât soutenant la toile. L'homme lisait. Il n'avait pas levé la tête lorsque le groupe était entré. Ses cheveux étaient blonds et il arborait une longue et fine moustache. Son visage était émacié. Il portait une chemise de soie rouge et se tenait très droit sur sa chaise de campagne.

Une jeune femme jouait de la harpe sur la gauche. Elle était vêtue d'une mince robe blanche, presque transparente, retenue à la taille par une ceinture. Sa longue chevelure châtain pendait sur ses épaules. Un ruban blanc retenait ses cheveux sur la tête. Elle avait levé les yeux pour regarder les hommes entrer. Mais elle ne s'était pas arrêtée de jouer. Au contraire, elle avait commencé à entonner une triste mélopée.

Le chef de la patrouille dépassa Blade, qui put l'observer en détail. Ses cheveux noirs flottaient sur ses épaules et sa longue barbe noire était taillée en pointe. Son visage était étroit et anguleux, ses yeux profondément enfoncés et habités d'une flamme fanatique. Son vêtement, noir, retenu à la taille par une large ceinture en cuir. Il claqua des talons.

— Atman !

L'interpellé ne bougea pas. L'homme en noir se racla la gorge et reprit plus fort :

— Atman !

L'homme assis sembla ne pas s'être rendu compte de l'intrusion. Il poursuivait sa lecture, imperturbable. La femme chantait toujours. Tout le groupe resta immobile. Il ne se passait rien. La tension était presque palpable. Les rumeurs du campement, ordres, jurons et le pas de chevaux entrecoupés de courts hennissements, traversaient, assourdies, les murs de peau doublées de tissu de la tente de commandement. Au centre de celle-ci, un feu crépitait dans le brasero, jetant des ombres fantasmatiques sur les parois de la yourte.

Blade observait la jeune femme. Ses doigts blancs glissaient souplement sur les cordes de son instrument. Sa peau était blanche. Elle était belle et une grande sérénité habitait son visage.

Les minutes passaient. L'atman tournait les pages de son ouvrage. Imperturbablement. Il leva soudain les yeux. Ses prunelles claires étaient profondément enfoncés dans les orbites. Il avait un regard halluciné, comme si un feu mystérieux couvait au fond de son être.

— Ah Ilni ! Ton chant me ravit et en même temps il m'étouffe. Trop de souvenirs sont réveillés. Il donne l'espoir de séjours enchanteurs qui ne sont que leurres. Quand viendra donc ma libération ?

Il regarda le groupe, comme surpris de leur présence.

— Rungorn, essaya une nouvelle fois le garde à l'allure de corbeau.

— Qu'y a-t-il, Armyn ?

— Nous avons trouvé cet homme dehors. Il est apparu au cours d'un accrochage avec les Bonnets rouges. Il s'est battu contre eux, mais je n'ai aucune confiance. Je suis sûr que c'est un espion. Il travaille pour les Bonnets rouges. Il a essayé de s'emparer d'un de nos uniformes. Et...

L'atman leva brusquement le bras gauche, paume vers l'avant, pour intimer le silence à son subordonné.

— Qui es-tu ? demanda-t-il à Blade.

Celui-ci jeta un coup d'œil vers la femme. Elle avait reposé son instrument et fouillait dans un petit sac dont elle sortait des petits bouts de bois. Elle les jetait par terre en marmonnant des formules inaudibles.

Un garde chauve au cou de taureau assena un coup de poing dans le ventre de Blade.

— Tu vas répondre à l'atman, chien !

— Je... marmonna Blade reprenant son souffle. Je... J'étais perdu dans la nuit et la tempête. Je suis arrivé par hasard sur les lieux de l'escarmouche. J'avais perdu mes vêtements, j'ai pris ceux du premier corps que j'ai trouvé. Il n'en avait plus besoin. Les Bonnets rouges l'avaient tué.

L'atman le fixait avec attention et curiosité. Ses yeux clairs ne cillaient pas.

— Et que faisais-tu dans la tempête ? Tu cueillais des fleurs pour ta belle ?

Il avait prononcé la phrase d'une voix trompeusement douce, il ne s'amusait pas. Son regard charriait de la glace.

Les soldats s'esclaffèrent bruyamment. Leurs rires étaient gras.

— Réponds, intima le dénommé Armyn, en accompagnant la parole d'un second coup de poing dans le ventre.

Blade savait qu'il devait jouer son va-tout. Il réfléchit à toute vitesse : il était tombé au beau milieu d'une guerre et cet homme, l'atman, était de toute évidence un chef militaire. Blade connaissait heureusement assez bien le mode de pensée de ce genre de personnage, aussi improvisa-t-il la réponse qui lui semblait la plus acceptable.

— J'étais à la tête d'une petite escouade de guerriers libres. Nous voulions nous mettre à votre service.

— Quand tu dis guerriers libres, tu entends probablement mercenaires ?

— Oui, atman.

— Mais tu sais que nous n'avons pas d'argent.

— Oui, atman. Mais plus personne n'a d'argent. Et nous connaissions votre bravoure. Cela nous plaisait. À votre suite, il y aurait sans doute quelque chose à grappiller.

Blade croyait commencer à cerner le personnage et cherchait ce qu'il fallait dire pour le flatter.

L'homme ne répondant rien en ce qui concernait les pillages, il craignit un instant d'avoir commis une faute d'appréciation. Mais, regard braqué dans ses yeux, l'atman reprit la parole.

— Et où sont-ils donc tes fameux guerriers ?

— Nous avons été attaqué par des bandits. Ils nous avaient tendus une embuscade. Tous mes hommes sont morts et nos adversaires m'ont laissé pour tel. Ils se sont emparés de nos vêtements, c'est pour cela que je me trouvais ainsi, nu dans la tempête.

— Des bandits ! Bougre d'imbécile, tes bandits ce sont les Bonnets rouges, tiens !

— Ils tournent autour de nous comme la mouche autour du taureau, renchérit le nommé Armyn.

Tandis qu'un masque halluciné prenait possession de sa face, balayant d'un regard inquiet l'air tout autour de lui, comme s'il craignait d'y voir flotter des esprits, l'atman dit à voix basse, comme dans un chuchotement :

— Ils sont partout ces maudits !

L'atmosphère était lourde, presque moite.

Puis, sans transition, l'atman sembla recouvrer son calme, la tension baissa d'un cran. Il fixait Blade, à nouveau.

— Tu as l'air courageux, étranger. Comme je le suis. J'aime les gens courageux.

— Il faut le tuer, Rungern. C'est une saleté d'espion !

— Et la morale, Armyn ? On ne tue pas sans savoir. C'est donc ce genre de stupidité que t'enseigne ton dieu ?

— Je...

— Silence, Armyn ! J'en ai assez d'entendre ta voix. Tu parles trop, et trop fort !

Puis Rungern regarda Blade dans les yeux.

— Tu es arrivé nu chez nous. Et tu as tenté de voler un uniforme sur le corps d'un de mes soldats. Sais-tu ce que cela coûte de détrousser un cadavre ?

Blade ne répondit pas. C'était inutile. Il avait le sentiment de se trouver au centre d'un conflit mortel, pas celui qui opposait les troupes de cet atman aux Bonnets rouges non, un affrontement encore plus intense, entre deux hommes, entre deux puissances aux racines mystiques, Armyn et Rungern.

— Bien, fit ce dernier. Emmenez-le dehors. Et attachez-le à un pieu... Et reprenez ses vêtements, ils ne sont pas à lui.

Trois gardes entraînèrent Blade. Alors qu'ils allaient sortir de la tente, Rungern les arrêta.

— À propos, étranger, ne trouves-tu pas cette musique divine ? fit-il en désignant la jeune femme.

— Si, atman.

— Mais, te fait-elle souffrir ?

— Non, atman, elle parle à mon âme, et ce qu'elle lui apporte, qui ne m'est pas directement intelligible, n'est pas un message de souffrance.

Rungern fut manifestement déçu. Il grommela quelque chose et se replongea dans son livre. Armyn, manifestement furieux de n'avoir pu tuer, ou torturer, l'intrus claqua un ordre bref et les gardes poussèrent le prisonnier.

Dès que le groupe fut sorti, Rungern tourna son visage vers Ilni, sa devineresse.

— Que disent tes kirunes ? Est-ce lui ?

— Peut-être oui... peut-être pas.

— Ne me réponds pas par énigme. Parle !

— Tout dépend de ce que ta question sous-entend.

— Tu sais très bien ce que je veux savoir. Est-ce lui qui va causer ma mort ?

Ilni manipula quelques secondes ses baguettes gravées sacrées. Seuls le cliquetis des instruments divinatoires brisait le silence de la yourte. Le regard de Rungern était braqué sur elle avec une telle intensité qu'il lui semblait qu'il brûlait sa peau. Elle attendit pour réagir, sachant que la réponse était complexe.

— Non, dit-elle à Rungern. Non, il ne te tuera pas. Au contraire.

— Que veux-tu dire ?

— Mes kirunes n'en disent pas plus. Il sera celui qui te rendra ton unité. Mais je ne peux pas te dire ce que cela signifie.

— Qui est-ce ?

Ilni déplaça ses kirunes. Elle donna l'impression de se concentrer. Le voile de son vêtement dissimulait peu ses formes voluptueuses, doucement éclairées par les flammes. L'extrémité de ses seins tendait le tissu.

— L'homme chevauche le temps.

— Charabia ! Je veux du concret. C'est un ami, un ennemi ?

— Ce n'est pas un ennemi.

Rungern resta tendu un instant, le visage tourné vers la femme. Puis il sembla se détendre et appuya de nouveau son dos contre le dossier de son siège.

— Tu dois le libérer, intima Ilni.

— Attendons un peu, sourit Rungern.

Il avait saisi une cravache de cuir noir posée près de son siège et la tournait silencieusement dans ses deux mains. Un sourire froid étirait ses lèvres tandis qu'il observait l'objet. Brusquement il en assena un coup sur le bois de la table.

Ilni sursauta comme le claquement déchirait l'air.

— Un peu de souffrance forge le caractère.

— Mais trop peut le détruire…

CHAPITRE III

Sans ménagement, Blade avait été entraîné hors de la tente. La tempête avait complètement cessé. Le calme était revenu dans le camp. Ici et là, des torches plantées dans le sol avaient été allumées. Les flammes dansaient au rythme du souffle qui errait encore entre les guitounes. Malgré les odeurs humaines et animales qui émanaient du campement, des senteurs parfumées et chaudes provenaient du désert. Avant qu'il ne franchisse les limites de la yourte de l'atman, quatre gardes de Rungern avaient remplacé les soldats qui l'avaient escorté au camp.

Les pieds crissaient sur le sol sablonneux. Les pas venaient marquer leur empreinte, immédiatement effacée par la brise. Blade fut poussé au centre du camp, devant un pieu. Il était toujours torse nu. On le fit asseoir. Un coup de semelle dans la poitrine le fit choir et deux hommes s'emparèrent de ses bottes et de son pantalon. Il se retrouva une nouvelle fois nu. On le rassit sans douceur en l'appuyant contre le poteau, bras rejetés en arrière et les mains attachées derrière le pieu. Son corps était solidement plaqué contre le bois. Les cordes qui retenaient ses mains furent ramenés par devant. Et là un solide nœud réduisit à presque rien ses possibilités de mouvement. Les hommes s'éloignèrent.

Les feux brûlaient plus vivement, alimentés par des gardes emmitouflés dans de longs manteaux. Les flammes animaient les parois des tentes, inventant des silhouettes fantomatiques. Blade, immobilisé put détailler le campement, du moins la partie se trouvant dans le champ visuel dérisoire que lui autorisaient les mouvements de sa tête plaquée contre le poteau de bois. Il était constitué d'un grand nombre de tentes en forme de demi-sphère tendues de peaux de bêtes. D'après ce qu'il pouvait voir, les chevaux étaient enfermés dans des enclos sommaires : une simple corde tendue entre des montants. Un bivouac temporaire plutôt qu'un cantonnement permanent.

Comme personne ne se semblait se soucier particulièrement de lui, il en conclut que le pieu devait souvent servir !

Progressivement, le calme complet s'installa sur le camp. Seul le piaffement d'un cheval ou le hurlement lointain d'un carnassier venaient rompre la quiétude. Des soldats allaient et venaient sans hâte. Blade, lors de son entrée dans le camp, avait noté que les troupes de Rungern appartenaient à deux types ethniques très différents.

Les uns, de grande taille, portaient l'uniforme qu'il avait remarqué lors du combat qui avait précédé sa capture : longs manteaux bruns, hauts bonnets de fourrure, superbes baudriers de cuir vernis, culottes de cheval, bottes noires, sabres. Ils appartenaient incontestablement à la même ethnie que Rungern ; dans la dimension de Blade, on aurait qualifié leur type physique de "caucasien", ce qui ne manquait pas de sel, tant leur tenue évoquait celle des cavaliers cosaques qui avaient sillonné l'Ukraine jusqu'au milieu du XXème siècle. Ils avaient une façon de se mouvoir très martiale qui dénonçait une longue expérience de la vie militaire .

Les autres, de petite taille, les jambes un peu torses, le visage très rond, les yeux étroitement bridés et les cheveux très raides et d'un noir de jais, étaient revêtus de vêtements plus simples, pantalons et vestes de grosse toile matelassée ou de peau et ils étaient coiffés de toques de fourrure grise ou de peau retournée. Des coiffures presque plates, qui enfermaient le crâne et muni d'oreillettes destinés à protéger leur propriétaire des rigueurs du climat. Leur façon de se mouvoir était féline. Ils avaient l'air totalement dans leur élément.

Blade, les deux bras tirés vers l'arrière ne pouvait respirer normalement, aussi avait-il adopté la technique respiratoire dite “du petit chien”, multipliant les courtes aspirations afin d'oxygéner ses poumons. Le froid était vif et il se dit que s'il devait y rester longtemps exposé, son séjour dans la dimension de l'atman Rungern risquait, paradoxalement, d'y être de courte durée !

Soudain, Blade fut en alerte. Des pas approchaient de lui, par derrière. Il essaya de se tourner. Mais il ne parvint qu'à entailler davantage ses poignets. Ceux qui l'avaient attaché n'étaient pas des amateurs. Les pas étaient maintenant tout près. Était-ce la mort ? Rungern avait-il changé d'avis ?

Une ombre passa sur sa gauche. Elle vint se poster juste devant lui. Blade reconnut la silhouette de Rungern, mains sur les hanches, poings fermés, jambes légèrement écartées. Il souriait. L'homme caressa doucement les joues de son prisonnier avec l'extrémité de sa cravache. Son sourire s'élargit encore, faisant remonter insensiblement ses longues moustaches. Blade le regarda avec défi.

L'atman éclata alors de rire. Il héla un soldat. L'homme arriva en courant. Il claqua des talons devant son chef et mit la main droite, poing fermé, sur la gauche de sa poitrine pour saluer. Il portait un long fusil en bandoulière sur l'épaule gauche.

Rungern désigna le prisonnier :

— Donne-lui une veste. Et trouve-lui un coin pour dormir.

— Euh, atman... et je le détache ? fit le soldat hésitant.

— Bien sûr que non, abruti. Tu vas le transporter toi-même avec son pieu vers un lit.

Le soldat réfléchit un court instant, réalisa que Rungern se moquait de lui et sortit une dague d'un fourreau de sa ceinture. Mais, soupçonneux tout de même, il gardait un œil sur son chef… Rungern ne s'attarda pas et, tournant les talons, se fondit dans l'obscurité. Blade occupa ses premières secondes de liberté à masser ses poignets meurtris.

Un coup de feu claqua à faible distance. Blade tourna la tête dans la direction du bruit. Le garde n'avait pas cillé.

— C'était un coup de fusil, dit Blade mi-affirmatif, mi-interrogatif.

— Oui, répondit sobrement l'autre. Ici, il y en a tout le temps. On tire pour passer le temps. Sur n'importe quoi, sur des ombres, sur des bêtes sauvages.

— Et si c'étaient des ennemis ?

— Oh, les Bonnets rouges arrivent toujours discrètement. Ils égorgent silencieusement et ils s'en vont. On ne réagit que si l'on entend plusieurs coups de feu. Là ça commence à être intéressant.

Blade et le garde gagnèrent un chariot. Le garde souleva la grande toile qui le recouvrait. Il fouilla dans l'amoncellement de tissus qui s'y trouvait et en extirpa une veste, un pantalon et une paire de bottes.

— Tiens. Myrko n'en aura plus besoin. Lui, il n'a même pas entendu le premier coup de feu. Il a été égorgé, il y a trois jours.

— Et que sont devenus ses agresseurs ?

— Leurs tripes nourrissent les cateyes.

À cet instant, un long hurlement saccadé, incontestablement canin, retentit sur la plaine.

— Tu vois, ils nous remercient du festin.

Après que Blade se fut habillé, le garde le conduisit vers une yourte.

La tente mesurait environ cinq mètres de diamètre. Une petite lampe diffusait une lumière timide. Cinq silhouettes enroulées dans des couvertures occupaient le sol. L'un des dormeurs ronflait bruyamment. Blade aperçut une place libre. Sur le sol une fourrure isolait sommairement du sable froid. Il s'enroula dans une seconde couverture.

Couché sur le dos, les mains sous la nuque, il entreprit de réfléchir aux derniers événements. La fumée de la lampe s'élevait vers un trou situé au sommet de la tente. Blade la suivait des yeux. Il s'interrogeait sur la personnalité de Rungern : devait-il le craindre ? Le soutenir dans son combat contre les Bonnets rouges ? Et qu'étaient ces derniers ? Visiblement ils appartenaient au même groupe ethnique que certains des hommes de Rungern. La division entre les deux camps n'était donc pas raciale.

Rungern, l'atman, était déjà en soi une énigme, il paraissait donner d'une main ce qu'il reprenait de l'autre. Comme une sorte de balance permanente entre le Bien et le Mal.

Le panneau de fermeture de la yourte battait au rythme du vent et, par l'interstice qui se dévoilait par intermittence, Blade distinguait la silhouette d'un garde qui allait et venait. Il entendait, à la limite de sa perception auditive, une conversation chuchotée à quelque distance. Des cateyes hurlaient de loin en loin sur la plaine.

Soudain, Blade perçut un changement : le garde, à l'extérieur, n'était pas repassé depuis un moment. Tous ses sens en alerte il fouillait la pénombre des yeux. Aucun des dormeurs n'avait réagi, leur souffle était toujours aussi régulier. Soudain il perçut un frottement discret de l'autre côté de la toile. Quelqu'un se glissait sur le sol. Un second bruit vint s'ajouter au premier, ils étaient donc deux…

Près de sa tête, la paroi de la tente se souleva légèrement. Blade se redressa en silence et attendit, accroupi. Dans l'ouverture, il aperçut l'éclat de la lame d'une courte épée. Un bras s'avança. Imméditament suivi d'une tête.

L'homme était bien informé ; avant même que son corps ait pénétré tout entier dans l'abri, il abattait déjà son épée à l'endroit précis où l'ex-prisonnier se trouvait quelques secondes plus tôt. Il n'eut même pas le temps de s'étonner de l'absence de sa victime. Blade saisit le bras encore tendu et le tordit violemment. Le membre se brisa net dans un craquement d'os. Étouffant un gémissement, son agresseur réagit et un poignard apparut dans sa main valide. Mais Blade avait récupéré l'épée et la planta d'un coup sec dans la gorge découverte. La lame ressortit par l'arrière du crâne et un flot de sang jaillit de la carotide tranchée. La garde de l'épée était poisseuse quand Blade parvint à extraire la lame.

Le second agresseur s'était également introduit dans la tente. Il tenta de prendre Blade à revers, son bras gauche entoura le cou du voyageur des dimensions, mais il n'eut pas le temps d'abattre le poignard qu'il serrait dans la droite. Blade, utilisant sa connaissance des arts martiaux, utilisa la force de son attaque pour se débarrasser de lui et l'homme s'envola, avant d'aller rouler à l'autre bout de la yourte. Au passage, il accrocha la lampe qui, en tombant s'éteignit.

Tous les occupants de la tente étaient maintenant réveillés. La confusion la plus totale régnait. Plongés dans la pénombre, les dormeurs ne comprenaient pas ce qui arrivait ; des silhouettes confuses s'agitaient, des jurons fusaient, certains soldats tentaient de saisir leurs armes, mais l'agitation désordonnée et la quasi obscurité rendaient leurs efforts vains.

Seuls Blade et son agresseur savaient à quoi s'en tenir. Ils plongèrent l'un vers l'autre. Les lames se croisèrent. Arc-boutés, les deux hommes tentaient chacun de forcer la garde de l'adversaire. Tandis que les armes crissaient l'une contre l'autre, l'homme tenta de saisir la gorge de Blade, des doigts durs comme de l'acier se refermèrent sur son larynx. Blade sentait le souffle rauque de l'inconnu tout près de son visage. Il saisit le poignet de celui-ci afin de dénouer la prise, mais l'homme était d'une force peu commune.

Selon le principe bien établi qui veut que la meilleure défense soit l'attaque, il relâcha sa pression sur la main de l'homme afin de lui assener un uppercut dans lequel il mit toute la puissance de ses presque deux cents livres ! Lorsqu'il avait senti la poigne de Blade fléchir puis disparaître, son agresseur avait émis un grognement de joie anticipée qui s'étouffa dans sa gorge quand le poing de l'Anglais le cueillit au menton avec la puissance d'une bielle de locomotive.

L'homme encaissa le coup, desserra son étreinte et abaissa légèrement sa garde, ce dont profita Blade pour reprendre l'offensive avec son épée. Débordé, son agresseur choisit la charge brutale et se précipita sur lui dans un hurlement de fureur. Il entraîna Blade sur le sol. Dans la chute, ce dernier eut la sensation d'avoir entaillé le bras de son agresseur.

Ils roulèrent sur le sol, sauvagement enlacés, leur lutte féroce et désordonnée les précipita contre le poteau central de la yourte. Tout l'édifice s'effondra sur ses occupants. Empêtré dans la toile, Blade ne savait plus où était passé son adversaire. D'un coup de lame, il se fraya un passage vers l'extérieur et sortit enfin la tête au dehors. Aspirant une grande bouffée d'air pur, il aperçut une forme qui s'évanouissait entre deux yourtes. D'autres gardes accouraient, attirés par le remue-ménage. Se pouvait-il qu'ils n'aient pas vu le fuyard ?

Il ne fallut que quelques instants aux soldats qui avaient accouru, pour relever la tente. Éclairé par une forêt de torches, le lieu de l'affrontement retrouvait peu à peu son calme. À l'intérieur, les occupants attitrés de la yourte maintenant redressée avaient pu terminer de s'habiller et de s'équiper, et ils fixaient Blade d'un œil mauvais.

Le pan de toile qui masquait l'entrée s'ouvrit violemment. Un garde fit son entrée en brandissant une torche. Immédiatement derrière lui, Rungern en personne fit son apparition. Il repoussa le soldat et se planta bien droit au milieu de la tente. Dans la main, il tenait une cravache. Un des hommes qui l'accompagnaient se baissa vers le corps du premier agresseur de Blade. Il tourna la tête aux yeux révulsés vers l'atman.

— Armyn ! se mit à hurler Rungern. Où est-il ?

Des soldats sortirent, à la recherche de l'homme à la barbe noire. Rungern avait reconnu dans le mort l'un de ses fidèles.

— Vous amenez le désordre, dit-il à Blade. Je n'aime pas ça.

— Désolé, mais je ne l'ai pas provoqué.

— On verra. On verra.

Ses traits semblaient encore plus profondément creusés que lors de leur première confrontation. Il fouettait l'air de sa cravache. Il avait accroché une longue cape noire à ses épaules sous laquelle il portait la même fine chemise rouge. Sa culotte de peau disparaissait dans de hautes bottes de cheval à revers.

— Bon, Armyn, alors ? Il arrive ou faut-il que je fasse écorcher la moitié du camp pour qu'on me le trouve ?

L'échange de regards inquiets entre les soldats fit soupçonner à Blade que la menace pouvait être tout autre chose qu'une fleur de réthorique.

L'intéressé fit son entrée quelques instants plus tard, escorté par les gardes partis à sa recherche. Son bras gauche pendait le long du corps. Il éprouvait manifestement des difficultés à le bouger. La manche de sa veste, largement déchirée, trahissait le coup récent qu'il s'efforçait de dissimuler.

— Alors, serviteur de dieu, fit Rungern en levant sa cravache, où te terrais-tu ?

L'homme noir ne broncha pas, n'esquissa pas un mouvement. Il se tenait fièrement face à son chef, le défiant du regard.

— J'inspectais les alentours avec une patrouille.

— Tu te moques de moi ! vociféra Rungern.

Il commença à lui tourner autour.

— Et ça ? demanda-t-il en fixant l'accroc rougie de la manche

— J'ai déchiré mon uniforme lors de l'escarmouche au cours de laquelle j'ai capturé cet espion.

Rungern fit un pas en avant et s'empara d'une dague à la ceinture d'Armyn. Il fendit la manche de haut en bas avec la lame. Le bras était couvert de sang, de sang frais. Un mince filet continuait de s'écouler de la blessure. Rungern saisit son poignet afin d'exposer en pleine lumière le muscle entaillé.

— Saigner encore comme cela, plusieurs heures après avoir été touché, c'est grave. Je ne pensais pas que ton sang soit si faible. Es-tu sûr de vouloir continuer à combattre à mes côtés ?

L'ironie de l'atman était cinglante

Armyn arracha son bras de la main de l'atman, ses traits étaient convulsés de fureur.

Rungern regardait son subordonné droit dans les yeux.

Les deux hommes étaient sensiblement de la même taille. Leurs yeux semblaient brûler d'un même feu glacé. Les épaules nouées, les muscles tendus, ils paraissaient à deux doigts de l'affrontement physique. Puis, subitement, Rungern tourna les talons et quitta la tente sans un mot. Armyn était visiblement le vainqueur de la joute muette qui les avait opposé.

Ilni pénétra sous la yourte, au moment où le guerrier à la barbe noire en sortait. Ils n'échangèrent pas un regard.

Elle fixa Blade avec insistance, sans prononcer une parole, mais il put lire une invite muette dans ses yeux. Puis elle ressortit. Blade traversa la tente et la suivit.

Elle marchait d'un bon pas, suivant un chemin qui serpentait entre les tentes et qui avait été damé par le pas des hommes et celui des chevaux. De petits monticules de sable adossés aux parois de toile témoignait de la tempête de sable qui avait soufflé quelques heures plus tôt. Le soleil s'était levé, et le froid du petit matin était vif.

Blade la rattrapa et chemina à ses côtés, admirant son port de tête altier. Sans tourner le visage vers lui, elle entama la conversation.

— C'était Armyn qui t'a agressé.

— Je sais.

— Méfie-toi de lui.

— Mais pourquoi l'atman ne l'a-t-il pas puni, alors que sa culpabilité était évidente.

— L'atman a ses raisons. Un rapport trouble unit Rungern à ce porc. Armyn semble incarner la face sombre de sa conscience. Il ne peut pas l'affronter directement. Mais ne t'imagine pas qu'il laissera passer cet épisode sans réagir. Personne — ou presque — ne sait ce qui peut se passer dans la tête de Rungern. Il prépare forcément quelque chose.

— Mais que recherche Armyn ? Convoite-t-il la place de Rungern ?

— Non, je ne le crois pas. Il est son double maléfique. Je pense que c'est le qualificatif qui lui sied le mieux. Armyn est un mystique, il est profondément religieux, même si sa religion est mystérieuse pour nous. Il adore un dieu sans nom, terrible et unique. Une divinité cruelle et jalouse des autres dieux. Il a entraîné de nombreux soldats de l'armée dans son adoration. Il représente une véritable force dans le camp. En fait je crois qu'il est, pour l'instant du moins, d'une grande fidélité à Rungern, mais sa religion est en train de creuser un fossé de plus en plus profond entre eux. Mais je ne sais pas s'ils peuvent exister l'un sans l'autre. Comme je te l'ai dit, un lien occulte les unit, les kirunes m'ont appris que ce lien mènera Rungern à la mort. Qu'ils mourront ensemble, mais que cette mort sera un accomplissement pour Rungern.

— Ce n'est pas très clair !

— Les kirunes ne parlent jamais clairement. C'est mon rôle d'interpréter leur message. Armyn me hait, il a peur des kirunes et de leur pouvoir. De ce que je pourrais découvrir sur lui et ses intentions. Rungern l'a surnommé l'Étrangleur. Tu as vu ses mains gigantesques ? Lorsqu'il prêche on dirait qu'elles ne lui appartiennent plus, qu'elles vont s'envoler vers son dieu.

« D'autres l'appellent le Boucher. C'est l'exécuteur de basses œuvres de l'atman. Il adore ce rôle. Il se justifie en affirmant que ses victimes sont un tribut de pêcheurs offert à son dieu. Si tu l'écoutes, il tentera de te convaincre que c'est pour le bien de leur âme qu'il les tue. Beaucoup le suivent, et sont d'une grande fidélité à sa personne. Tu vois, les rapports de force entre eux sont plus complexes qu'il n'y paraît.

CHAPITRE IV

Le pain dur semblait éprouver bien de la peine à ramollir dans le brouet qui constituait l'ordinaire des soldats. Des yeux de graisse flottaient au milieu du liquide. Les armées mal nourries sont les plus combattives, dit-on ; Blade se dit que les troupes de Rungern, avec un tel régime alimentaire, devaient être redoutables au combat.

Il arborait maintenant un uniforme composite, constitué d'une longue redingote noire, portée sur une culotte de toile grossière, serrée à la taille par une large ceinture. Sa tenue était complétée de deux cartouchières croisées sur la poitrine et d'une toque de fourrure à oreillettes nouées sous le menton.

Il avait reçu un cheval, une bête de petite taille guère plus haute que lui, mais qui semblait solide et nerveuse. Une monture au poil long, habituée au froid.

Autour de lui, le camp finissait de se replier. De lourds nuages noirs occupaient le ciel. Les petits hommes aux yeux bridés constituaient de loin le groupe le plus important, mais ils semblaient moins disciplinés que leurs camarades.

Blade réalisa soudain qu'il n'avait pas eu le temps d'interroger Ilni sur la présence de ces deux groupes ethniques si différents. Ni même sur le fond du conflit qui les opposait aux Bonnets rouges. En ce dernier domaine il avait préféré être discret, son arrivée était déjà suspecte, personne n'aurait compris qu'il soit arrivé au beau milieu d'un pays en guerre sans savoir quels en étaient les protagonistes. Surtout après s'être présenté comme un mercenaire à la recherche d'un engagement. La formidable personnalité de Rungern et son opposition avec Armyn avait totalement accaparé ses pensées.

Tenant son cheval par la bride, il se mit en quête de Rungern. Il le trouva en grande discussion avec ses officiers. Armyn se trouvait parmi eux. Son bras blessé ne semblait pas le gêner. Il quitta le groupe à grand pas pour s'entretenir avec une dizaine d'hommes qui attendaient quelques mètres en retrait.

D'autres officiers rompirent le cercle autour de Rungern et partirent dans diverses directions.

Blade essaya d'en interroger au passage, mais les hommes daignaient à peine lui accorder un regard où l'indifférence le disputait au mépris et passaient sans prononcer un son.

— Ils ne te répondront pas, dit une petite voix dans son dos.

Blade se retourna et sourit. Un jeune garçon, âgé tout au plus d'une douzaine d'années, chevauchant un âne, le regardait. Ses yeux noirs finement bridés brillaient joyeusement et un sourire gouailleur éclairait sa face ronde couronnée d'une houpe de cheveux noirs et raides. Très en arrière sur la tête, presque sur la nuque, il portait un bonnet de fourrure et était habillé d'un ensemble de toile doublé d'astrakan.

— Ils te considèrent comme un espion des Bonnets rouges.

— Et toi ? demanda-t-il à l'enfant.

— Moi, je m'appelle Tosk et je m'en fiche. Tu me plais parce que tu n'es pas comme les autres. Talkan aussi n'est pas comme les autres. C'est pour cela que je l'aime. Comme l'aiment aussi ceux de mon peuple. Et Talkan a confiance en toi.

En disant cela, il montra du doigt l'atman qui traversait le camp. Les guerriers de type asiatique s'inclinaient bas vers le sol sur son passage.

— Talkan, c'est Rungern ? interrogea Blade.

— Bien sûr, d'où sors-tu pour l'ignorer ?

— D'un pays très lointain. J'y ai entendu parler de la gloire de votre atman. J'ai voulu le voir de plus près. Mais j'ai été attaqué avec mes hommes. Et je me suis cogné cette nuit au camp en errant dans l'obscurité.

— Il s'appelle comment ton pays ?

— L'Angleterre. Et ton peuple ?

— Le peuple tcherkysse. Nous sommes les plus courageux.

— J'en suis sûr. Et tous les hommes du camp sont des Tcherkysses ?

— Non, bien sûr. Ouvre les yeux ! Si tu vois tous ces guerriers identiques, je ne suis pas surpris que tu aies perdu à la fois tes hommes, ton chemin et ton pantalon !

L'enfant avait du bon sens, et la langue bien pendue.

— Et les hommes en uniforme qui ne sont pas de ton peuple, d'où viennent-ils ?

— De loin. Ce sont des Koubans. Ils sont venus avec Rungern pour la plupart. Dans leur pays, ils ont été persécutés par le pouvoir installé par les Bonnets rouges. Mais la puissance maléfique des Bonnets rouges a son siège ici, en Tcherkylie, Talkan est venu les combattre au coeur de leur terres.

— Mais des Tcherkysses combattent dans les deux camps ?

Le garçon haussa les épaules en levant les yeux au ciel, décidément ce grand guerrier lui semblait particulièrement obtus !

— Bien sûr ! Les Bonnets rouges ne peuvent qu'être tcherkysses, puisque leur pouvoir est né à Burga, notre capitale !

Blade garda le silence, tandis que la colonne s'ébranlait lentement, soulevant un nuage de poussière.

— Alors même dans ton pays, continua Tosk, on a entendu parler de notre Talkan ? Pour sûr, il est célèbre notre atman. Dès qu'il est arrivé, tout le monde l'a reconnu. C'est un dieu. C'est le dieu de la Guerre de nos anciennes légendes. Talkan Rungern.

Le jeune garçon s'enflammait et gesticulait en parlant ; tant et si bien que son âne après avoir agité avec colère ses longues oreilles, partit soudain en trombe. Après quelques ruades et hennissements outragés, il fila à travers le camp en cours de démontage. Les guerriers, en riant et en échangeant force plaisanteries, s'écartaient sur son passage. Le gosse tentait en vain de retenir sa monture. Bientôt il dépassa les abords du cantonnement et s'élança vers la campagne. Blade avait lancé sa monture à la poursuite de Tosk. Son petit cheval peinait à reprendre du terrain sur l'âne déchaîné.

Blade n'était plus qu'à une vingtaine de mètres. Il regagnait l'avance de la peu glorieuse mais aussi irascible que vaillante monture du jeune garçon. Le campement était maintenant à près d'un kilomètre derrière eux. Les préparatifs du départ soulevaient un nuage de sable jaunâtre.

L'âne arriva soudain devant une petite cassure du terrain. Il eut un instant d'hésitation, puis sauta. Au même instant Blade le rejoignait. En une fraction de seconde, il comprit ce qui avait provoqué l'hésitation du quadrupède. Six hommes étaient tapis au fond de l'accident de terrain. Ils semblaient aussi surpris que les cavaliers. Le jeune garçon était tombé de son âne, à une dizaine de mètres de là. En abordant l'obstacle, Blade avait tiré son épée, mais son cheval, effrayé, avait refusé l'obstacle et, au lieu de sauter, il avait basculé dans le vide et s'était laissé glisser au beau milieu du groupe embusqué.

L'un des hommes dissimulés avait été écrasé par la masse de l'animal. Revêtus de pelisse grise, coiffés d'un bonnet de fourrure rouge, leur identité ne faisait aucun doute. Avant même d'avoir touché le sol, Blade fouetta l'air de son épée, éborgnant l'un des hommes et déchirant la face de son voisin. Avec l'homme écrasé par sa monture et qui ne bougeait plus, cela faisait trois adversaires éliminés ou diminués dès les premières secondes du combat. Les trois autres se jetèrent sur l'intrus. Deux d'entre eux tenaient des fusils prolongés par des baïonnettes. Ils tentèrent d'embrocher Blade. Mais, handicapés dans leur avance par le sable pulvérulent qui tapissait la combe, ils patinaient et l'un d'eux ne parvint qu'à transpercer le flanc gauche de son camarade éborgné. Dans un gargouillis infect, celui-ci tomba à terre. Le sable but son sang en un instant.

L'homme qui avait reçu le coup d'épée en plein visage revint à la charge en tirant un long coutelas dont il tenta de frapper Blade d'un large mouvement de bas en haut. D'un coup de pied, celui-ci le désarma, envoyant la lame voler à plusieurs mètres.

S'étant rapproché, Tosk, qui ne semblait pas vouloir céder sa part de bagarre et de gloire à Blade, s'en saisit. Délaissant un instant cet adversaire momentanément désarmé, Blade se porta d'un rapide mouvement tournoyant à la rencontre d'un guerrier qui fondait sur lui, le sabre haut. D'un geste rapide, il écarta la lame de l'homme et, faisant passer son arme dans sa main gauche, il saisit la manche gauche de la veste du Bonnet rouge et l'attira brusquement vers lui. L'homme vint s'empaler sur l'épée de Blade avec un soupir, tandis qu'une surprise douloureuse se peignait sur son visage.

Tosk était, quant à lui, aux prises avec l'homme au visage ensanglanté. L'enfant faisait virevolter son arme, la passant rapidement d'une main dans l'autre avec l'aisance d'un prestidigitateur ; le corps fléchi, bien campé sur ses jambes courtes et un peu torses, il tenait le guerrier en respect, tout en riant de ses dents jaunes.

L'un des deux derniers Bonnets rouges recula de deux pas et fit feu en direction de Blade qui se jeta de côté pour éviter la balle qui s'enfonça dans le sable.

Blade perçut soudain l'écho d'une galopade. Les soldats de Rungern arrivaient à la rescousse. Les deux survivants du petit groupe qui s'était embusqué comprirent que leur situation était désormais désespérée et choisirent chacun une voix différente pour tenter d'échapper à la mort. Celui qui venait de tirer abandonna son fusil et s'enfuit en courant. Son compagnon jeta sa pique mais choisit de se rendre et leva les bras. Mal lui en prit. Alors que les cavaliers passaient à vive allure, un lancier planta son arme dans son ventre. Sous la puissance de l'impact, il fit quelques pas à reculons, puis bascula en arrière. La lance qui l'avait transpercé se ficha dans le sol. Le corps glissa le long de la hampe qui se poissait de son sang. Il toucha le sol alors que ses lèvres se maculaient de liquide rougeâtre.

Son compagnon qui s'enfuyait fut rapidement rattrapé par un des cavaliers. Son arme siffla avant de cisailler le cou de sa victime. La tête vola à plusieurs mètres, tandis que le corps continuait sur quelques mètres sa course incontrôlée. Chaque pas projetait une gerbe de sang. Il s'arrêta enfin, demeura immobile un court instant. Puis, simultanément, les deux jambes ployèrent et le buste s'effondra sur le sol.

Pendant ce temps Blade s'occupait du dernier Bonnet rouge, la brute au visage en sang qui affrontait Tosk. L'homme venait de projeter son épée en avant dans un coup d'estoc qui aurait transpercé le jeune garçon, si ce dernier n'avait été d'une agileté diabolique. Blade le plaqua aux jambes. Il voulait un prisonnier, vivant !

Sous le choc le guerrier perdit son arme, mais il se retourna immédiatement vers ce nouvel adversaire, roula sur le côté et se redressa d'un bond. Les deux poings serrés. Ses petits yeux noirs se plissèrent tandis qu'il observait Blade, le regard empli de haine.

Blade évita un premier crochet. La brute, emportée par son élan, bascula en avant et il la cueillit d'un coup de genou dans le ventre. Cassé en deux, le souffle coupé, il cracha un long jet de salive en secouant la tête. Mais c'était un guerrier solide et il récupéra en une fraction de seconde, avant de se lancer à l'assaut une nouvelle fois. Bras en avant, il tenta de se jeter sur Blade pour le saisir à bras le corps, mais ce dernier, plus rapide lui décocha un violent uppercut et l'envoya au tapis, le visage inondé de sang.

Les cavaliers s'étaient regroupés en cercle afin d'assister en spectateurs à la joute. Deux soldats mirent pied à terre, sabres levés. Ils allaient mettre un point final à la résistance désespérée du Bonnet rouge. Mais Blade s'interposa.

— L'atman sera content d'avoir un prisonnier. Tuez-le, si vous voulez, mais vous vous expliquerez avec lui…

La perspective d'affronter Talkan alias Rungern refroidit immédiatement leurs velléités. Les deux hommes remirent leurs lames au fourreau. Deux autres s'approchèrent avec une corde et lièrent les bras le long du corps du prisonnier.

Le jeune garçon s'était rapproché de Blade.

— Eh bien, Tosk, grâce à toi et à ton âne, je crois que nous avons fait une belle prise.

CHAPITRE V

Le prisonnier, entravé et mené au bout d'une corde, traînait la jambe. Blade le suivait sur une monture qu'il avait emprunté à l'un des cavaliers tcherkysses qui était monté en croupe avec l'un de ses compagnons. Tosk cheminait à ses côtés, fièrement campé sur son âne qui trottait d'un bon pas, mais avec discipline, comme s'il était conscient de sa toute nouvelle appartenance aux forces combattantes de Talkan. Au-dessus du lieu de l'escarmouche les vautours commençaient déjà à se rassembler pour la curée.

Ils rejoignirent la troupe de Rungern qui se mettait en branle. Armyn qui s'était avancé à leur rencontre, mit pied à terre et s'avança vers Blade et son prisonnier. Il mit la main sur celui-ci.

— Ne t'occupe plus de ça.

Il leva son fusil et assena un coup de crosse dans le dos de l'homme. Celui-ci s'effondra. Armyn lui décocha alors une série de coups de botte dans les côtes.

Le prisonnier, à terre, se recroquevillait, tentant d'échapper à l'avalanche de coups.

Blade sauta de sa monture, frappa sur l'épaule d'Armyn et, lorsque ce dernier, livide, les yeux injectés de sang, se retourna vers lui, il lui décocha un violent crochet du droit dans la mâchoire. Le guerrier barbu, cueilli par surprise, décolla du sol et s'effondra à près de deux mètres. Il se releva immédiatement et bondit sur son agresseur les deux poings en avant. Une attaque frontale toute en force et sans la moindre finesse tactique. Et qui finit comme elle le devait, c'est-à-dire en fiasco. Blade fit un pas de côté, saisit un bras de son attaquant et lui fit effectuer une roue. Alors qu'il touchait le sol, un coup de pied de Blade l'expédia au tapis pour le compte. Ses hommes se précipitèrent pour le secourir.

Pendant ce temps, Blade revint vers le prisonnier, le releva et le poussa vers la colonne de soldats qui s'approchait.

En tête, ils trouvèrent Rungern. Le regard curieux, il avait suivi la scène sans réagir. Quelques mètres plus loin se trouvait le chariot couvert dont Ilni tenait les rênes. L'atman se tenait droit sur sa monture. La bête était agitée, secouait la tête, allait et venait nerveusement, avançant, reculant de quelques pas, impatiente de démarrer.

— Alors, vipère, jeta-t-il à l'endroit du prisonnier, c'est toi qui nous retarde ? Vois comme tu énerves ma jument !

Disant cela, il caressa l'encolure de l'animal. Il la poussa vers l'homme, commença à tourner autour de lui, visage en apparence impassible. Les sabots de l'animal passaient à quelques centimètres des pieds du prisonnier, son flanc l'effleurait, semblant prêt à le jeter au sol, à chaque instant.

— Quelles sont les forces actuellement dans Burga ? interrogea-t-il.

L'homme resta muet.

— Je ne m'essouflerai pas. Alors tu réponds ou je te livres à Armyn, tu connais sûrement sa réputation…

Ce dernier surgit à cet instant, ivre de fureur d'avoir été ridiculisé devant ses hommes. Il ne jeta pas un regard vers Rungern, se contentant de saisir le prisonnier par l'encolure.

— Quelles sont les forces dans Burga ? Où se trouve le Touktou ?

Le prisonnier l'ignora, fixant toujours Rungern dans les yeux. Soudain, son visage se contracta, arborant un effroyable rictus. Sa face devint cramoisie, ses yeux paraissaient vouloir sortir de leurs orbites tandis que les muscles de son cou se tendaient comme des cordes. Brusquement il se détendit tandis qu'un râle de souffrance naissait dans sa gorge et il cracha quelque chose à la face de

Talkan, quelque chose accompagné d'un jet rougeâtre. L'objet tomba à terre sans toucher l'atman qui était resté figé dans une immobilité marmoréenne. L'homme venait de se trancher la langue avec les dents et de la cracher vers Rungern en un ultime geste de provocation. Ses lèvres se couvrirent d'un effrayant mélange de sang et de salive.

— Bien, il semble que tu ne veuilles pas parler. Que l'on donne ce morceau de viande inutile à un chien. Et puisque, finalement, je n'entendrais jamais le son de ta voix impie de Bonnet rouge, il est inutile de nous attarder davantage. Armyn, je t'en fais cadeau.

Rungern eut un sourire glacial et talonna les flancs de sa jument, donnant le signal du départ à la colonne qui se mit en marche. Un nuage de poussière, soulevé par le pas des chevaux et les roues des chariots, commença à s'élever derrière la troupe en mouvement.

Blade lança sa monture. Un peu plus haut, à droite de la colonne, un groupe de cateyes se disputaient des masses indistinctes : les cadavres des Bonnets rouges tombés lors de l'accrochage étaient en train d'accomplir leur ultime rôle dans l'écosystème. Quelques minutes plus tard, Tosk, toujours monté sur son âne, vint cheminer à sa hauteur.

— Eh bien, interrogea Blade, où diable étais-tu passé ?

— Je racontais notre aventure.

Blade se mit à rire.

— Alors on va à Burga ? reprit Blade.

Le jeune garçon acquiesça vigoureusement.

— Deux jours de route.

— Tu sais, toi, où se trouve le Touktou ?

— À Bogdul, je crois. C'est ce que l'on dit. Les Bonnets rouges le gardent prisonnier dans son palais.

« Donc, pensa Blade, le Touktou est un ennemi des Bonnets rouges. Mais, est-il pour autant un ami de cette troupe et de Rungern ? »

— Tu serais fier de libérer le Touktou ? continua-t-il dans

l'espoir d'obtenir de plus amples renseignements.

— Bien sûr. Il est le représentant du Roi du Monde sur notre terre. Il est notre maître vénéré à tous. Il n'y a pas de plus belle mission.

— Le Roi du monde ? Qui est-ce ?

— Ben, c'est le Roi du Monde ! Tout le monde sait qui il est. Il est la bonté. Il veille sur nous. Mais il se cache, parce que sa pureté est trop aveuglante pour ceux qui n'y sont pas préparés.

« L'équilibre du monde a été bouleversé, c'est pour le rétablir que Rungern est là. Il doit libérer le Touktou, et chasser les Bonnets rouges. Alors l'harmonie régnera de nouveau et notre monde retrouvera son sens.

— Le monde était-il très différent avant l'arrivée des Bonnets rouges ?

— Bien sûr, mais tu devrais le savoir, moi je ne suis qu'un enfant, toi, tu es un adulte et un guerrier. Quand l'équilibre a été rompu, la pauvreté, le malheur se sont abattus sur les hommes, les Tcherkysses et les autres. Mais tout va aller mieux, car Rungern va libérer le Touktou et le Roi du Monde posera à nouveau son regard de bonté sur nous !

CHAPITRE VI

La troupe avait dressé son campement. En quelques minutes, les tentes avaient été sorties des chariots bâchés et montées. Ces derniers, disposés en cercle, protégaient les alignements irréguliers de yourtes, et des buissons d'épineux coupés par une corvée servaient autant à compléter l'étanchéité de la clôture du camp qu'à alimenter les nombreux feux qui avaient été allumés par les sentinelles.

L'armée de Rungern progressait lentement au travers d'un plateau irrégulier, où des collines déchiquetées de crevasses et des ravins s'élevaient ici ou là. Mais la journée avait été calme.

La nuit fut de nouveau remplie des hurlements de cateyes. Quelques coups de feu claquèrent dans le silence.

Avant l'aube, tout le camp fut remballé avec une célérité née d'une longue expérience.

La contrée était sauvage et déserte. Au cours d'une harassante journée de chevauchée, la troupe n'avait croisé que trois oasis passablement déplumés, où quelques cavaliers avaient été remettre à niveau les réserves d'eau.

Un soldat remonta la colonne au galop. Il s'arrêta devant Blade, cabrant son petit cheval.

— L'atman vous réclame.

Blade lança son cheval derrière l'homme, suivi, comme par son ombre par Tosk, toujours monté sur son âne.

Rungern était en train de discuter avec Armyn quand Blade

parvint à sa hauteur.

— Blade, je veux que tu accompagnes Armyn à Burga. Il conduira un commando. Et tu en feras partie. Je veux savoir exactement quelles sont les forces ennemies là-bas. Si on peut compter sur une aide de l'intérieur. Enfin toutes les informations intéressantes...

Blade vit un groupe qui semblait prêt au départ, une quinzaine d'hommes qui attendaient un peu en retrait, le signal de l'action. Ils étaient armés de sabres, des fusils sortaient de leurs fourreaux de selle et ils portaient à la ceinture d'impressionnants étuis de bois qui abritaient des revolvers de fort calibre.

— N'est-ce pas une troupe bien importante pour une opération de repérage ?

— Tu as peur ? Tu veux te cacher ? demanda Rungern. Dans mon armée, on ne se cache pas, on attaque.

— Si Dieu croit en notre cause, Il saura nous dissimuler opportunément. Sinon, cela signifiera que notre cause n'est pas bonne, ajouta Armyn, sentencieux.

Blade le regarda avec un air traduisant clairement sa stupéfaction. Un sourire cruel aux lèvres, l'homme semblait partagé entre deux sentiments contraires, la satisfaction d'avoir assené une vérité première et le regret d'avoir dû s'adresser à un homme qu'il détestait. Blade se demanda d'ailleurs si la satisfaction qu'il lisait sur ce visage aigu, dont la blancheur était rehaussée par le noir du poil, ne découlait pas tout simplement de la joie de le tenir à sa merci durant cette reconnaissance. Il se promit de conserver un œil sur l'Étrangleur, tout en n'oubliant pas de surveiller ses arrières. Cela lui promettait bien du plaisir, sans compter le risque de strabisme ! Il sourit à cette pensée.

— Et moi ? demanda Tosk à Blade.

— Toi, tu restes ici, pour l'instant.

— Mais je veux t'accompagner. Je n'ai rien à faire ici. Je peux être utile, je suis un homme maintenant.

Il s'éloigna de quelques pas de la colonne, visiblement il ne souhaitait pas qu'Armyn surprenne ses paroles.

— C'est vrai, répondit Blade. Alors je vais te confier une mission de confiance. Tu vas rester près d'Ilni et la protéger si la nécessité s'en fait sentir.

Mi-dupe, mi-résigné, Tosk salua Blade en souhaitant le revoir bientôt et repartit vers le train de chariots qui progressaient à quelques encablures de l'avant-garde dirigée par Rungern lui-même.

Les hommes partirent au galop. La route ne devait plus être longue qui menait à la mystérieuse Burga.

Blade avait renoncé à interroger l'un de ses compagnons d'opération. Pour Armyn et ses hommes, il restait probablement un espion. Il aurait sans doute autant à se méfier des Bonnets rouges, que de ses “amis”. Galopant au centre du groupe, il constatait qu'il était observé, surveillé en permanence.

Le pays qu'ils traversaient était toujours aussi sec et aride, mais il ne manquait pas de beauté. Les rochers, beiges, safran ou Sienne se creusaient de failles, de fissures érodées par le vent et abrasées par le sable.

Une ombre bleutée envahissait les accidents de terrain, les découpant comme un couteau de nuit.

Quelques éboulis, aperçus au loin, évoquaient des ruines presque digérées par la nature, mais les cavaliers ne s'en approchèrent pas suffisamment pour que Blade put confirmer son impression. Après tout, peut-être n'étaient ce que des éboulis ?

Ses compagnons de patrouille avaient-ils reçu l'ordre de le liquider ? Étaient-ils tous dévoués à Armyn ? Il n'avait aucun moyen de s'en assurer.

Un orage avait soudain crevé au dessus d'eux. Les écluses du ciel semblaient s'être ouvertes et une pluie drue battait hommes et chevaux, avant de s'infiltrer dans le sol caillouteux.

La longue barbe noire d'Armyn était trempée. Un filet d'eau s'écoulait sur sa poitrine depuis la pointe de son collier de poils. Un sourire mauvais aux lèvres, il semblait plus que jamais un diable guerrier, menant ses troupes. Sa silhouette sombre exhalait la mort. Blade aurait juré qu'à plusieurs reprises, dans la fureur de la tempête, il l'avait entendu rire tout seul.

Le groupe de cavaliers filait maintenant à bonne vitesse. Le paysage s'était modifié depuis que la patrouille avait entrepris sa descente vers un replat qui se trouvait en contrebas du plateau désertique qu'ils avaient traversé. Des plantes charnues avaient fait leur apparition, tapissant chaque anfractuosité où le vent avait semé quelques particules de terre et de vie. Puis, aux solides herbacées aux dentelures acérées, avaient succédé des buissons, enfin des arbres d'altitude, résineux à aiguille en tous points semblables à des sapins.

Les petits chevaux étaient aussi robustes que rapides. Au milieu des troncs la piste était à peine perceptible. Elle serpentait entre de gros rochers qui crevaient la couche d'aiguilles comme s'ils avaient voulu rejoindre la lumière. Une forte odeur d'humus mouillé, mélangée à celle de la sève, venait chatouiller les narines. Des volées d'oiseaux s'égaillaient en piaillant sur le passage des soldats.

« Une vision bucolique qui ne va sûrement pas durer longtemps... », songeait Blade. Sa sombre prédiction se réalisa presque immédiatement.

Il y eut un claquement sec et le cavalier qui progressait en tête de colonne, où il venait de relayer Armyn, s'effondra sur l'encolure de sa monture. La course stoppa net. Les cavaliers retenaient leurs chevaux qui piaffaient, tournant sur place. Ils tentaient de déterminer d'où était parti le coup. L'hésitation ne dura pas plus d'une minuscule poignée de secondes. Les Bonnets rouges apparurent presque aussitôt, balles et flèches se mirent à voler.

— Hiahhhhhh ! Hure Rungern !

Armyn éperonna son cheval et, sabre haut, fonça vers les assaillants, gravissant la butte au sommet de laquelle ils s'étaient embusqués, tandis qu'un second soldat de la patrouille tombait, frappé en plein front.

Les forces en présence étaient disproportionnées : un contre quatre. Les attaquants, à pied, sans aucun doute possible des Tcherkysses, arboraient le couvre-chef couleur de sang, signe de leur appartenance aux troupes ennemies. Légèrement équipés, vêtus de vestes de peau, ils étaient armés de fusils d'apparence rudimentaire et, visiblement, de faible calibre. Les coups de feu ressemblaient au son d'une branche que l'on casse. Ils disposaient aussi d'arcs, de petites épées, de couteaux et de lances.

Dans un concert de hurlements sauvages tous les cavaliers chargèrent. Les fusils, peu pratiques dans ce type de combat, restèrent dans les étuis de selle, mais, avec une sorte de joie sauvage, les sabres avaient jailli des fourreaux dans un bruissement métallique. Certains soldats, tenant la bride de leur monture entre leurs dents, brandissaient également leurs impressionnants revolvers.

Ils tiraient presque sans viser sur les ennemis qui grouillaient autour d'eux. Mais, même s'ils faisaient mouche presque à tout coup, certains des cavaliers se retrouvèrent vite débordés par le nombre des petits hommes. Ceux-ci s'agrippaient à leurs jambes, coupaient les sangles des selles, éventraient les chevaux. Les compagnons de Blade étaient d'excellents soldats, redoutablement animés d'une fureur sacrée. Mais ils semblaient prêts de fléchir sous le nombre. Les attaquants évitaient le corps à corps où ils étaient facilement surclassés, préférant cerner les soldats d'Armyn, les harceler et finalement les transpercer de leurs épées ou de leurs lances. Le plus souvent par derrière.

Blade s'était retrouvé immédiatement aux prises avec un groupe d'adversaires, et il n'avait qu'un sabre. Mais, rompu à toutes les techniques de combat à l'arme blanche, il s'en servait avec une meurtrière adresse. Tout en ferraillant avec ses agresseurs, il sentit un homme sauter en croupe derrière lui. Il s'en débarrassa immédiatement d'un violent coup de coude. Le Bonnet rouge, bascula et vint s'empaler sur la courte lance levée de l'un de ses frères d'arme.

La lame de Blade ruisselait de sang. La mêlée était confuse.

Des cavaliers versaient avec leurs montures, roulaient en dévalant la butte, écrasant au passage quelques ennemis. Un groupe de trois gardes koubans disposés dos à dos en triangle faisait face avec succès aux assauts. Les petits hommes venaient s'écraser contre ce rempart de fer. Des rigoles de sang se formaient sur le sol tendre.

En combattant, Blade avait récupéré une seconde épée. Il sabrait avec maestria, et les cadavres s'amoncelaient autour de sa monture. Il aperçut soudain une silhouette tapie au sommet d'un rocher le surplombant. L'homme sauta vers lui dans un long hurlement de rage. Il le reçut sur la pointe de son épée, mais, emportée par le poids de son adversaire, l'arme lui fut arrachée. Plantée au travers du corps de l'homme, la lame pointait maintenant vers le ciel et un second assaillant, qui avait suivi la même voie et avait manqué de quelques dizaines de centimètres la monture de Blade, vint s'empaler sur l'épée dressée.

Le petit cheval piaffait et piétinait les dépouilles de ceux qui avaient osé affronter Blade. Celui-ci, l'épée au poing, couvert du sang de ses ennemis, embrassait de son regard farouche la scène du combat.

À une dizaine de mètres, il vit Armyn en difficulté. Quatre hommes l'affrontaient. La blessure au bras que Blade lui avait infligé s'était rouverte et ralentissait ses mouvements. Une large entaille balafrait sa joue droite et le sang se répandait dans sa barbe.

Il parvenait encore à tenir ses ennemis à distance, mais plus pour très longtemps, Blade en était convaincu. L'homme impressionnait visiblement ses adversaires. Mais, acculé à un rocher, sa situation était difficile.

Blade avisa brusquement un des assaillants, armé d'une courte lance, qui gravissait l'éminence d'un bond. L'homme leva sa lance, s'apprêtant à frapper Armyn de haut en bas.

Blade réagit instinctivement. Avec une formidable dextérité, il projeta son sabre comme un poignard. L'arme fendit l'air en un éclair et vint transpercer la gorge du lancier. Celui-ci bascula dans le vide. Sa chute soudaine surprit ses compagnons. Armyn utilisa à plein ce court moment de flottement chez ses ennemis et reprit l'offensive. Une tête vola et le colosse à la barbe brune eut tôt fait de liquider ses deux derniers adversaires.

Armyn avait compris qu'il devait à Blade d'être toujours vivant. Ce dernier s'avança vers lui.

— Tranquillisez-vous, je considère que vous ne me devez rien, lui dit Blade.

Hautain, le regard mauvais, il semblait furieux de devoir sa sauvegarde à celui qu'il considérait toujours comme un ennemi.

— Finalement, pousuivit Blade d'une voix chargée d'ironie, je me demande si je n'aurais pas dû laisser cet homme vous transpercer le crâne. En vous rouvrant la fontanelle, il vous aurait peut-être amené l'Éveil…

Armyn ne répondit rien, mais son visage et son attitude étaient éloquents. Tandis que Blade se penchait contre l'encolure de son cheval pour saisir un sabre planté dans un corps inerte, Armyn fit pivoter sa monture pour observer le terrain.

Autour d'eux, la bataille prenait fin. Une poignée de Bonnets rouges s'était enfuis vers la forêt. Trois cavaliers leur donnaient la chasse.

Un dernier duel se terminait, le dernier Bonnet rouge s'écroulait. Le ventre ouvert, il tentait, une expression de stupéfaction sur le visage, de retenir ses entrailles qui surgissaient de la plaie béante qui barrait son abdomen.

Six survivants… Armyn intercepta le regard de Blade.

— Vous le voyez, nous n'étions pas de trop. Rungern n'est pas stupide.

— Non, il fallait s'organiser autrement. On ne fonce pas ainsi, tête baissée dans un passage qui a toutes les chances de se transformer en piège. Une telle embuscade n'est tout de même pas un hasard. La taille de notre patrouille nous a, sans doute, fait repérer. Maintenant il va bien falloir changer de tactique ; si de telles troupes quadrillent le secteur, il n'est plus question de passer en force. De toute manière nous ne le pourrions plus.

Les trois cavaliers revinrent.

— Mission accomplie. Tous les ennemis sont liquidés.

— Bien, nous repartons.

— On laisse tous les cadavres là ? demanda Blade.

— Si nous repassons ici demain, il n'y aura plus une trace. Il n'y a pas grand-chose à manger dans ces contrées. Les cateyes et les autres charognards se chargeront de la cérémonie funéraire.

Ils se remirent en route à un rythme toujours rapide. Mais les hommes étaient maintenant aux aguets, épiant le moindre frémissement, attentifs à tous les bruits.

Blade savait qu'en sauvant la vie d'Armyn, il n'avait fait que renforcer sa haine. Ce type d'homme détestait contracter des dettes, et particulièrement une dette de vie !

Quelques heures plus tard, ils atteignaient une nouvelle dénivellation, qui, cette fois, débouchait sur une vallée. Au loin, en contrebas s'étendait une ville.

La ville était immense, mais la plupart des maisons carrées, étaient basses. Les murs étaient ocre jaune, parfois couleur de safran. Seuls quelques immeubles émergeaient du moutonnement des toits plats. Visiblement il s'agissait de bâtiments officiels, leurs murs semblaient porter des décorations polychromes.

Burga était construite sur une cassure de terrain et s'étendaient sur deux niveaux. Les habitations de la ville haute semblaient plus massives, plus grandes. « Ville haute, ville basse, le schéma est universel », songea Blade.

La cité était entourée d'une fortification, mélange de bois et de terre, défendue par des miradors. Le tout semblait assez récent.

La ville semblait bien pauvre et isolée. Comment imaginer qu'elle puisse abriter la force qui contrôlait le monde ?

Blade avait réuni les quelques éléments que lui avaient livré ses interlocuteurs, Tosk, Ilni ou Rungern lui même.

Burga était le siège de la force qui, en emprisonnant le Touktou, avait rompu l'harmonie du monde. Des forces mystiques avaient été libérées ou, au contraire, emprisonnées et Rungern semblait occuper une position centrale dans la situation. Son épopée ressuscitait l'antique légende de Talkan, un dieu guerrier qui avait mis sa puissance au service du Roi du Monde alors qu'il était, à l'origine, une divinité de la mort et de le violence, un démon vomi par la version locale des enfers.

S'il prenait Burga et libérait ce Touktou, prisonnier de son palais forteresse situé au-delà de la ville, il se retrouverait lui-même et accomplirait son destin, pour reprendre la formulation, sibylline d'Ilni, la prophétesse.

De toute évidence, Blade avait un rôle à jouer dans cette libération, Ilni l'avait lu dans ses kirunes, mais l'avenir semblait encore flou, noyé dans les brumes de l'incréé.

Une piste menait vers Burga, la capitale de Tcherkylie. De rares carrioles ou piétons s'y déplaçaient. Deux postes de garde, constitués de buttes de terre sommaires entourant une tourelle-mirador, coupaient la route à quelques distances du mur.

Les Bonnets rouges contrôlaient les passants. Blade vit une brusque agitation animer l'un des postes de garde, un homme gesticulait. La situation fut réglée en un instant. Son cadavre fut jeté sur le bord de la voie, dans l'indifférence. Des groupes militaires armés, nombreux, circulaient dans la plaine, semblant éviter soigneusement certaines zones.

— Des marais, souffla son voisin à l'oreille de Blade.

— La ville semble bien défendue, dit ce dernier.

— Du vent, répondit Armyn. Ils savent qu'un assaut se prépare. Alors ils s'énervent. Mais nous bousculerons tout cela sans problème.

— Bien, commenta Blade. Et que fait-on maintenant ?

— On attend la nuit.

L'après-midi se passa à observer les allées et venues des patrouilles. Elles étaient le plus souvent accompagnées d'énormes molosses.

Blade se disait qu'il n'aimerait pas devoir affronter désarmé de tels fauves. Même armé, d'ailleurs... Heureusement, aucune patrouille ne s'aventura à moins de cinq cents mètres de l'endroit où les six hommes étaient dissimulés.

Le soir tomba. Un grand son de corne retentit.

Les derniers civils accélérèrent le pas vers la ville. Mais ils furent refoulés aux contrôles. Les gardes refluèrent vers Burga. Au loin, dans la ville, des sonneries de cor résonnaient. Le son se déplaçait lentement. Au même rythme, les lumières s'éteignaient.

— Le couvre-feu, chuchota Armyn.

De longues minutes passèrent. La ville étaient quasiment dans l'obscurité maintenant. Mais sur la muraille, de nombreux feux brûlaient. Soudain, deux petites gerbes, comme deux étincelles, filèrent sur la plaine. Successivement, elles embrasèrent des réservoirs, reliés entre eux par de minces corridors de flammes. Sur deux rangs, un véritable mur de feu cernait complètement la ville et illuminait la plaine. Presque comme en plein jour. Un produit inflammable courait tout au long d'un réseau de rigoles s'accumulant de loin en loin dans des cavités creusées dans sol et qui faisaient office de torches géantes.

Simultanément les molosses furent lâchés dans l'intervalle de terrain séparant la palissade des flammes. Ils se mirent à vagabonder, attentifs aux moindres bruits. Les six guetteurs les virent se jeter sur quelques animaux égarés.

En admettant même qu'il fut simple de se débarrasser des chiens, il était impossible de rejoindre discrètement la fortification éclairée *a giorno*.

L'incursion dans Burga était compromise. Le regard d'Armyn, figé, était éloquent. Sa belle assurance en avait pris un coup ! Pendant plusieurs minutes, il ne dit rien.

Puis il désigna deux hommes pour garder les montures. Et il décida de faire un tour complet de la ville, à distance évidemment, avec Blade et les deux derniers guerriers.

Partout, ils ne virent que la même plaine rase. Quatre routes seulement donnaient accès à la ville. Elles étaient toutes barrées par les mêmes postes de garde, maintenant désertés car situés entre les deux réseaux enflammés. La ville semblait inaccessible. Partout les molosses montaient une garde consciencieuse, sillonnant le terrain à au petit trot, se disputant en grondant furieusement les dépouilles de leur chasse.

Les quatre hommes revinrent et récupérèrent leurs chevaux.

— À propos, jeta Armyn à l'adresse de Blade, sais-tu qui a voulu que tu participes à cette patrouille et en a convaincu Rungern ?

— Non.

— Ilni. Méfie-toi de cette femme, c'est une vipère !

Blade fut étonné de cette violence. La haine d'Armyn pour Ilni semblait même au-delà du ressentiment qu'il éprouvait à son égard.

CHAPITRE VII

La patrouille rejoignit la troupe à moins d'une demi-journée de cheval de Burga. Rungern avait fait monter le camp à proximité d'un petit village tcherkysse.

Tosk avait expliqué à Blade que les populations des campagnes étaient restées très hostiles au pouvoir mis en place par les Bonnets rouges. Les traditions y étaient vivaces et la dévotion au Touktou et au Roi du Monde y était intactes. Plus d'un, parmis les guerriers autochtones combattant dans les rangs de l'armée de Rungern, venait de ces hameaux, où l'on survivait en arrachant sa subsistance à la terre et où la conscription mise en place par les autorités de Burga était mal accueillie. Les rêves de conquête des religieux et des militaires de la capitale n'intéressaient guère les paysans et les éleveurs tcherkysses.

Un rivière tumultueuse s'écoulait tout près. Les chevaux s'abreuvaient dans son flot. Le paysage était monotone. Une herbe rase et dure qui nourrissait des troupeaux de chèvres, des champs de petite dimension, protégés par des murettes de pierre sèche, des greniers à céréales dont la faible dimension donnait la mesure des pauvres récoltes.

Au centre du campement, un attroupement s'était formé.

Deux hommes, intégralement nus, étaient immobilisés par des pièces de bois, carcans et entraves. Des gardes de Rungern les maintenaient au sol, une botte sur la tête.

Le cercle des spectateurs s'entrouvrit pour laisser passer

Armyn et Blade qui venaient de mettre pied à terre.

Les deux prisonniers étaient des Koubans.

Rungern était planté à leurs côtés. Une jeune fille tcherkysse au visage tuméfié se tenait en retrait. Elle retenait ses vêtements déchirés de ses deux mains jointes sous son menton.

L'atman s'avança. Il se pencha et souleva les deux hommes en les tenant par les cheveux. Le mouvement du lourd carcan leur arracha des grimaces de douleur. Talkan montra leur face à la jeune fille.

— Alors ce sont eux ? lui demanda-t-il.

Elle acquiesça de la tête et se remit à pleurer.

— Regarde-les. Es-tu bien sûre qu'il s'agit d'eux ? répéta Rungern.

Elle pleura de plus belle.

— Ils l'ont violé ou ont tenté de la violer, murmura un homme à l'oreille de Blade. C'est une fille du village voisin.

Manifestement, Rungern était animé de sentiments partagés, il rendait la justice, mais le faisait d'une façon théâtrale, humiliant les coupables avant de les punir.

Il jeta un regard circulaire. Il vit Armyn et lui sourit. Il existait une troublante connivence entre ces deux-là.

L'atman fit des yeux le tour de l'assemblée. En deux enjambées rapides, il s'approcha de l'un de ses hommes et s'empara du long fouet passé dans sa ceinture et revint vers la jeune fille. Elle le regardait de ses grands yeux apeurés.

— Tiens, lui dit-il en lui tendant le fouet. Fais ta justice.

Elle écarquilla les yeux en serrant plus fermement ses mains. Sa tête se secouait nerveusement en signe de dénégation.

— Allons, ne fais pas l'idiote. Ils t'ont agressée, tu dois te venger.

Il l'attrapa par la main. Elle lâcha son vêtement déchiré qui tomba. Elle était maintenant nue. Un murmure rigolard monta de la foule des soldats, mais un regard glacé de Rungern ramena le silence. L'atman la força à avancer en la tirant par le bras. Il lui mit d'autorité le fouet en main et l'entraîna devant les deux violeurs.

Rungern se plaça derrière la fille. Il tenait sa taille de la main gauche et de la droite il guidait le bras armé du fouet.

Un premier coup claqua, frappant l'un des violeurs. Puis un deuxième. La fille pleurait.

Ilni apparut soudain aux côtés de Blade.

— C'est la façon de Rungern de rendre le droit. La victime qui réclame justice doit avoir la force d'âme de la rendre elle-même, si elle le peut physiquement, bien sûr.

Chacun des deux agresseurs reçut dix coups de fouet ; la main de la jeune fille, animé par la force de Rungern qui la guidait, dessina des sillons sanglants sur la peau des deux hommes..

Rungern finit par lâcher la jeune fille. Il lança le fouet à son propriétaire qui le rattrapa au vol.

— Maintenant, la victime a rendu sa justice, cria l'atman à l'adresse de ses hommes.

Il tournait sur ses talons en parlant, comme s'il s'adressait à chacun de ses soldats, un à un.

— Mais la communauté est-elle vengée ? continua-t-il. L'ordre social est-il sauf ?

— Non, répondirent, unanimes, les guerriers.

— Alors, à la rivière ! hurla Rungern en levant les deux bras.

Les deux agresseurs furent entraînés, tirés, vers la berge. Le torrent charriait des branches. Blade s'en approcha. Il était glacial.

Les deux hommes furent détachés de leur joug.

Rungern les observait, bras croisés sur le poitrine, une cravache dans la main droite.

— Traversez, ordonna-t-il.

Ils le regardèrent. L'un des deux s'avança vers l'eau. Leurs peaux étaient bleues de froid. Rungern s'approcha de l'autre, celui qui était resté immobile et lui assena un coup de cravache qui lui déchira le dos.

— Ça va peut-être te réchauffer.

Le premier mit le pied dans l'eau. On sentit sa jambe se raidir sous l'étreinte de l'eau glacée. Il la ressortit et plongea. De toute façon, perdu pour perdu, il savait qu'il n'avait aucune clémence à attendre de son chef. Le second courut à son tour et plongea d'un coup dans l'onde agitée. Il disparut pendant quelques secondes, puis sa tête réapparut un peu plus bas en aval. Ses bras s'agitaient. Un tronc d'arbre le percuta. Il disparut et ne reparut plus. Pendant ce temps, l'autre luttait contre le courant. Ses bras musclés s'arrachaient à la puissance du torrent. Sa tête disparaissait par instant. Alors qu'il était sur le point de toucher l'autre rive, Rungern ôta sa tunique, enleva ses bottes, retira son pantalon. Puis, entièrement nu à son tour, il plongea dans le fleuve. Il nageait régulièrement, avec force. Tous les hommes s'étaient approchés du bord de l'eau. Les premiers rangs, sous la pression, étaient poussés jusque dans la rivière.

De l'autre côté, le supplicié, épuisé, s'était jeté sur la rive, face contre terre. Il restait immobile.

Rungern avait déjà parcouru la moitié de la distance.

— Hoo ... Hooo... Hooo l

Lentement, les hommes l'encourageaient à grands cris réguliers, suivant le rythme de sa nage.

Enfin, il toucha terre. Il se leva sur la berge. Après avoir fait quelques rapides mouvements des bras afin de rétablir la circulation sanguine dans ses membres réfrigérés, il se baissa vers le condamné. Se saisit de l'un de ses bras et releva le corps qu'il plaça en travers de ses épaules et, lesté de ce fardeau inerte, Rungern prit le chemin inverse.

— Il est complètement fou ! s'exclama Blade.

— Non, il est Rungern, répondit un Kouban sans tourner sa tête, les yeux embués de larmes d'émotion.

Une fois de plus, la magie de l'atman opérait. Il était le chef dur, inflexible, mais adoré par ses guerriers.

Le rythme de la progression était plus lent qu'à l'aller. Les soldats recommencèrent à scander son avance. Le rythme des cris augmenta. Plus vite. Encore plus vite. Rungern semblait entendre et accélérait les mouvements de son unique bras libre. Entraîné par le courant, il dérivait dangereusement. Toute la troupe suivait, sur la rive.

Blade s'étonnait que pas un ne prît l'initiative d'aider plus directement leur chef. Il plongea à son tour dans l'eau et nagea vers Rungern. En un instant le froid l'avait transpercé jusqu'aux os.

Rungern avait dépassé le centre du torrent. Blade le rejoignit. Il voulut se saisir de son fardeau pour l'aider. En ne modifiant pas une seconde sa nage, Rungern montra clairement qu'il n'attendait d'aide de personne.

Les deux hommes nagèrent de concert. Blade se plaça vers l'aval, afin de le secourir dans le cas où l'atman faiblirait. Mais il ne fléchissait pas. L'agent spécial mesurait la performance à la propre difficulté qu'il éprouvait à nager dans cette eau glaciale et tourmentée. Bientôt la rive fut atteinte.

Des hommes descendus dans l'eau aidèrent Rungern et le soldat à remonter sur la terre ferme. On les enveloppa dans des couvertures pour les réchauffer. Personne ne se soucia de Blade. Il se redressa seul sur le bord de l'eau.

Rungern le vit et s'approcha en écartant ses hommes.

— Tu as voulu rompre l'ordre des choses, étranger. Ce n'est pas bien. Il me revenait, à moi seul, de défaire ce que j'avais fait.

Rungern s'était séché. Il tendit sa couverture à Blade.

— Tiens, moi seul aussi pouvait te tendre la main alors que tu as essayé de rompre l'ordre des choses. N'en veux pas à mes hommes s'ils ne t'ont pas aidé. Ils sont très sensibles au respect des commandements sacrés.

— Mais pourquoi avoir voulu sauver cet homme que tu avais condamné ?

— Je l'avais condamné à traverser le torrent dans un sens. Pas à le retraverser dans l'autre.

Blade, tout en s'en défendant, était fasciné par cette personnalité d'une trempe exceptionnelle. Rungern, après avoir réenfilé ses bottes, retrouva son attitude de commandement.

— Armyn ! Blade ! Je vous attends immédiatement au rapport dans ma tente, ordonna-t-il.

Ils le suivirent sous la yourte. Les habits de Blade étaient encore trempés et glacés. Il regrettait de ne pas les avoir ôtés comme Rungern. Il s'approcha du brasero qui diffusait une chaleur vive dans la tente. Ilni s'était jointe à eux.

Armyn relata l'expédition. Il raconta l'embuscade, omettant de préciser, mais Blade s'y était attendu, qu'il lui avait sauvé la vie !

Puis il exposa l'état des défenses de Burga. Comme Blade l'avait senti, il se montrait beaucoup moins affirmatif quant à une prise aisée de la ville.

— Qu'en penses-tu, Blade ? demanda le chef.

— Armyn t'a précisément rendu compte de la situation. La garnison semble importante. L'approche de la ville se fait par une plaine sans le moindre relief. La nuit, des feux éclairent les murailles presque comme en plein jour et des chiens énormes montent la garde. Nous ne disposons pas de forces suffisantes pour attaquer de front.

— Que suggères-tu ? demanda Rungern.

Blade regarda Armyn, puis l'atman, enfin Ilni. Et son regard revint vers Rungern.

— Il est indispensable de passer à l'attaque de l'intérieur, d'ébranler le dispositif interne de défense de l'ennemi. L'attaque extérieure ne sera en fait qu'un appui.

— La belle affaire, rugit Armyn. Et comment comptes-tu t'y prendre pour rentrer dans la ville ? Pénétrer en force ? Ou bien par la voie des airs ?

L'Étrangleur se mit à rire.

— Tout le monde n'a pas besoin de rentrer, suggéra Blade. Il suffit que quelques-uns, très peu, un seul peut-être, pénètre dans Burga et contacte la résistance aux Bonnets rouges. Visiblement toute la population ne leur est pas, tant s'en faut, acquise. La ville doit comporter des opposants qui se dévoileront en sachant que ton armée approche.

Les trois autres restèrent silencieux. Rungern tenait ses mains jointes, les extrémités de ses doigts les unes contre les autres, les lèvres reposant sur ses index joints.

— Oui, ils existent. Mais j'ignore comment les rencontrer et j'ignore surtout ce dont ils sont capables.

— Foutaises ! rugit Armyn. Ce sont des couards, des larves infâmes. Ils vivent sous le joug des Rouges sans se révolter. Ils valent moins que les chiens qui gardent les remparts. Ils sont incapables de se battre.

— De toute façon, nous n'avons pas le choix, dit Blade.

— Effectivement, répondit Rungern.

— Mais, est-il indispensable de prendre Burga ? J'ai cru comprendre que le palais du Touktou n'est pas dans ses murs.

— Impossible, mon destin est de prendre Burga, avant de libérer le Touktou, si je veux moi-même me libérer. Je dois détruire le siège de la puissance des Bonnets rouges avant de secourir le Touktou et de rétablir le règne du Roi du Monde. N'est-ce pas Ilni ?

La jeune femme hocha la tête.

— Vous libérer de quoi ? demanda Blade.

— Me libérer de mon destin. Mais là n'est pas le propos. Il reste des questions plus importantes dans l'immédiat. Qui va aller dans Burga ?

— Moi, répondit Blade.

— Seul ? interrogea Rungern.

— Avec des villageois d'à côté, qui raconteront qu'ils ont été attaqués par une armée immense et cruelle : la vôtre, atman.

— Ça me plaît. Qu'en penses-tu Armyn ?

— Pas question de laisser cet espion aller seul rejoindre les siens. Je vais y aller.

— Ilni ? interpella Rungern.

Elle fit non de la tête.

— Ne suis pas cette sorcière, Rungern. Cela finira par te perdre, vitupéra l'homme à la barbe noire.

— Blade, tu iras seul. Suis ton plan. Va au Tcherkoï, si tu veux. Mais ouvre-nous la route.

— Je serai flatté d'aller au Tcherkoï en ton nom, valeureux atman, si tu me dis ce que c'est.

Rungern, qui s'était mis à manipuler des plans sur sa table, leva la tête avec surprise. Il poussa un petit gloussement d'étonnement.

— Hein ? Hein ? Tu ignores ce qu'est le Tcherkoï ? Eh bien c'est le mauvais génie des Tcherkysses, celui qui vient leur chatouiller les pieds après la mort.

— Ah oui, nous l'appelons diable chez moi.

— Bah. Diable, Tcherkoï... Ce ne sont que des foutaises. Il n'y a ni Bien, ni Mal. Seulement le destin.

Et il sortit brusquement, plantant là Blade, Armyn et Ilni, interdits. On l'entendit enfourcher sa jument et s'élancer au galop.

Le camp resta en place toute la journée. Blade la mit à profit pour aller rendre visite au village avec Tosk. Une vingtaine de maisons en torchis constituait toute la bourgade. Des peaux de cateyes séchaient devant une maison. Peu de vieillards ; on ne devait pas vivre très vieux dans ce lieu. Les vêtements étaient pauvres, des vestes et pantalons de peau, des robes de toile épaisse et sans grâce. Ils étaient plus sombres de peau que les autres Tcherkysses. Un hâle sans doute dû au climat.

Ils regardaient Blade avec une feinte indifférence. Ils se livraient aux tâches quotidiennes d'un village rural. La présence de Blade les rendait visiblement nerveux. Leur silence était très impressionnant. Pas d'échange de salut, pas de criailleries des commères, jusqu'aux enfants qui les dévisagaient sans un cri, sans un sourire. Blade aperçut la jeune fille qui avait été agressée. Il la héla. Elle se réfugia dans une des habitations. Blade lui emboîta le pas, franchit l'ouverture un peu trop basse pour lui. La bâtisse était carrée, sans recherche esthétique aucune. Le crépi qui tapissait le torchis s'enlevait par plaques, donnant à la maison une allure lépreuse et fragile que démentait l'épaisseur des murs.

— N'aie pas peur, je viens te demander de m'aider.

La jeune fille attendait, entourée de ses parents dans un intérieur très sombre. La nombreuse marmaille s'était réfugiée dans les jambes de la mère et observait avec une méfiance mêlée de crainte l'intrusion de Blade. Deux petites lampes à huile apportaient une lumière vacillante. Peu de meubles dans la pièce : une table, des bancs et des paillasses pour dormir. Des pots de terre pour la cuisine, rangés autour d'un brasero primitif creusé dans le sol de pierre battue. Et différents ustensiles à la destination incertaine, agricole sans doute.

Blade, qui avait entrepris une exploration panoramique de la pièce, aperçut, dans un angle, une large pierre blanche semblant un autel où brûlait une minuscule lampe. Dressée autour d'elle des statuettes grossièrement sculptées et des illustrations aux couleurs passées représentaient ce qui devaient être des divinités locales. Mais, parmi elles, était plantée une illustration représentant sans erreur possible l'atman Rungern. Il était aisément identifiable à son uniforme, à ses cheveux blonds, sa moustache et son extraordinaire regard halluciné. C'était une vieille photographie dont les tons sépias se fanaient. Comment avaient-ils pu se procurer cette image ?

— Talkan ! Talkan, répétaient les parents en s'agitant.

— Oui, oui, Talkan, reprenait Blade.

Il se tourna vers la jeune fille.

— C'est bien l'atman Rungern ?

Elle fit oui de la tête.

— Tu vois, dit Tosk, je t'avais dit que l'atman était un dieu chez nous. Je te parie qu'il y a son portrait dans toutes les masures du village.

La jeune fille émit un petit oui timide.

— Mais pourquoi ? interrogea Blade.

— Il correspond à nos prophéties, dit Tosk. Il doit nous libérer. Il est un dieu incarné, je te l'ai raconté. Tu as vu ce matin sa puissance surnaturelle.

— Comment vous êtes-vous procuré cette image ? demanda Blade.

— C'est le marchand qui passe une fois par an, expliqua la fille. Il nous l'a donnée contre trois peaux de cateyes.

Tosk passa devant l'autel et fit un petit signe vers l'image de

Rungern.

Blade demanda à voir le chef de village. La jeune fille lui demanda de la suivre. Ils ressortirent. Tous les habitants du hameau étaient massés devant leur porte, guettant les événements avec une apparente impassibilité. La fille désigna un homme, à peine différent des autres par sa vêture. Il avait la même peau ravinée, la même couleur sombre de cheveu. Il paraissait âgé. Dans les sociétés primitives, l'âge est un privilège de la puissance ou du pouvoir. Et un symbole de sagesse.

— Tu diriges ce village, vieil homme, acceptes-tu de me recevoir, j'ai à te parler, dit Blade.

D'un geste de la main, l'homme l'invita à l'accompagner. Encadrés ou suivis par tout le village, ils gagnèrent une maison au centre de la bourgade. La maison, carrée et simple elle aussi, était légèrement plus importante que celle des autres villageois. Sa façade, ombrée par une corniche, était teinte en rouge sombre.

Une frise géométrique blanche entourait l'ouverture de la porte, un fort panneau de bois décoloré par le temps, mais orné de clous oxydés formant un motif floral compliqué.

L'intérieur était sombre.

Dans un angle de la pièce, là aussi, un autel — un peu plus sophistiqué, puisque constitué d'une pierre plate soutenue par deux petites banquettes de pierre — trônait, orné de la même représentation de Rungern.

Le chef invita à Blade à s'asseoir. Ce dernier put alors lui expliquer son plan. Le chef accepta sans difficultés, heureux et fier, disait-il, d'aider l'atman.

Il fut convenu de partir dès l'aube le lendemain matin. Une famille serait désignée pour l'accompagner vers Burga et jouer le rôle de réfugiés.

Sur le pas de la porte, le chef du village retint Blade.

— Je sais qu'il existe ou qu'il existait un réseau de résistants aux Bonnets rouges dans Burga. Depuis qu'ils ont pris le pouvoir, ont chassé les chefs traditionnels de la ville et massacré le clergé bénéfique des Bonnets jaunes, fidèle au Touktou, il y a eu plusieurs révoltes. Mais les opposants n'étaient pas armés. Les Bonnets rouges avaient noyauté l'armée et une partie du clergé. Ils ont pris le contrôle de la ville et abattu le pouvoir spirituel du Touktou, le représentant du Roi du Monde.

« Il existe un mouvement de résistance, il est constitué de jeunes et de prêtres traditionnels, les Bonnets jaunes dont je t'ai déjà parlé. Les Rouges empruntent leur nom à celui d'une secte malfaisante qui contestait l'orientation spirituelle du pays tcherkysse. Ils ont profité des bouleversements dans l'équilibre du monde pour imposer leur loi dans toute la Tcherkylie et se lancer à la conquête des autres nations. C'est pour cela que notre pays est pratiquement vide, la plupart des guerriers sont partis faire la guerre au loin. Le monde entier a été touché par cette disparition de l'harmonie intime de toutes choses.

— Comment se fait-il que le Roi du Monde ait toléré une telle chose, un tel bouleversement des valeurs, puisqu'il est tout puissant ?

— Le coup de force des Bonnets rouges n'est qu'une conséquence, pas la cause du déséquilibre. La puissance du Roi du Monde avait été ébranlée par des dissensions intervenues au sein de son conseil.

— Au sein de son... conseil ?

— Bien sûr, c'est un sage, il sait que la solitude conduit à l'injustice. Mais une communauté, fût-elle divine, est soumise à des tensions parfois mortelles. C'est ce que disaient les Bonnets jaunes, juste avant d'être massacrés par ces maudits.

« Si Rungern arrive à renverser les usurpateurs du pouvoir à Burga, il lui faudra encore libérer le Touktou !

« Et accomplir son destin, et c'est là que j'interviens si l'on en croit les kirunes d'Ilni ». Blade était songeur. Il comprenait mieux la nature du conflit opposant Rungern aux Bonnets rouges, mais il avait encore quelques difficultés à en démêler l'écheveau mystique.

Le chef du village reprit la parole :

— Mon fils est parti un jour pour rejoindre la résistance de

Burga, avec un autre de ses camarades du village. Il en avait assez de voir les soldats des Bonnets rouges piller et violer, sans cesse. Je n'ai pas davantage d'éléments, hélas. Je n'ai plus eu de nouvelles de mon fils depuis. Burga est toute proche pour un guerrier, un cavalier comme toi, mais pour des paysans pauvres, comme nous le sommes, la ville est bien loin.

CHAPITRE VIII

Les flammes auréolaient la jeune femme d'une douce lumière. Ilni et Blade s'étaient retirés dans le chariot de la prophétesse. Elle était assise en tailleur. Devant elle, un morceau de toile blanche était posée à terre. Blade s'était assis à son côté. La devineresse prit ses vingt-quatre baguettes et les lança sur la pièce de tissu immaculé.

Ilni regarda ses bâtonnets divinatoires, puis elle se tourna vers Blade, le regard songeur.

— Alors que vois-tu… dans mes yeux ? demanda-t-il.

— Ce ne sont pas tes yeux qui me parlent.

Blade tendit sa main gauche vers les baguettes et en saisit une. Délicatement. En prenant garde de ne pas déplacer les autres.

— Non ! Ne touche pas, cria la jeune femme. Ce n'est pas un jeu. On ne doit jamais plaisanter pas avec les kirunes. Jamais !

— Alors que vois tu ?

— Tu as troublé le message. Mais je vois des événements terribles autour de toi et de Rungern. Vous disparaissez, vous n'êtes plus là… Et pourtant vous n'êtes pas morts.

— Rungern aussi ?

— Oui. Et vous revenez.

Blade montra un net signe d'étonnement. Imaginer qu'il disparaisse ne le surprenait pas : les ordinateurs de Lord Leighton pouvaient fort bien le ramener à tout moment dans le complexe informatique de la Tour de Londres. Mais avec Rungern, c'était déjà plus étrange. Et le fait qu'il puisse revenir était franchement insolite, voire inquiétant.

— Tu sais qu'il y a des représentations de Rungern dans toutes les maisons du village. Il semble y être adoré au même titre que les divinités du panthéon local.

— Oui, répondit la devineresse. Il est très aimé.

— Pourtant, il est dur.

— Dans ce pays, tout est dur. Mais Rungern est considéré comme la réincarnation d'un dieu. Il peut amener la mort, il reste un dieu. Il accélèrera la chute pour apporter le renouveau. Ces gens en sont persuadés. En fin de compte, il apportera la justice.

— Tous les peuples ont des légendes de ce type. Mais ce sont des rêves, cela ne se produit jamais.

— Rungern existe pourtant bien.

— Mais il n'est peut-être pas le vrai Talkan…

— Si, il l'est.

— Comment peux-tu en être sûre ?

— Je le sais. C'est pour cela que je suis là.

— Que veux-tu dire ?

— Je ne peux pas te le dire maintenant. Mais, sache qu'Armyn n'est pas seulement un guerrier au service de Rungern. Il a sa place dans le destin de ce dernier. Il en est un des composants, maléfique et sombre, mais indispensable. Comme l'ombre est la compagne de la lumière.

— Armyn m'a dit que c'est toi qui avait voulu que je l'accompagne à Burga.

— C'est faux. C'est Rungern lui-même qui l'a voulu. Mais il est normal qu'Armyn fasse tout ce qu'il peut pour te dresser contre moi. Il est le revers de ce que je suis.

Sa voix s'était faite cassante, visiblement elle ne désirait pas être plus explicite. Blade décida de ne pas la brusquer.

— Pourquoi Rungern voulait-il m'envoyer à Burga ?

— Peut-être parce qu'il a confiance en toi. Peut-être aussi parce qu'il préférait t'éloigner de moi…

— Et peut-être qu'il n'avait pas tort, dit Blade en riant et en tentant d'enserrer la jeune femme.

Elle se dégagea prestement.

— Tu n'es pas de ce pays, dit soudain Blade.

— Non, je viens de très loin. Comme Rungern.

— C'est un homme fascinant. Il émane de lui quelque chose d'insolite que je m'explique pas et qui m'attire. Il se montre souvent cruel. Et malgré cela tout le monde semble l'aimer, voire l'adorer. Il sait même parfois ouvrir son cœur.

— C'est vrai, fit Ilni, laconique.

— Et tu l'aimes. C'est pour cela que tu viens de te retirer lorsque j'ai voulu t'approcher de moi.

— Non, tu n'y es pas du tout. J'ai beaucoup d'estime et d'admiration pour Rungern. Mais pas d'amour, du moins pas au sens où tu l'entends. Il est possible que lui éprouve certains sentiments pour moi. Nos destins sont de toute façon étroitement liés. Mais il se refuse à tout contact avec les femmes. Et je crois que, même s'il m'aimait, il refuserait de se l'avouer. Il a déjà été marié...

— Ah ?

— Oui. On dit que sa femme et ses deux jeunes fils ont été tués sauvagement par des soldats aux ordres des Bonnets rouges, là-bas, chez lui. Ils se sont répandus sur le monde comme un vol de mouches sur un charnier ! Ils auraient fait subir à son épouse les pires supplices et outrages pendant une semaine, la transformant en une esclave soumise à tous leurs caprices et vices. Puis l'ont abattue alors que Rungern et ses hommes approchaient. Cela s'est passé il y a quelques années, dans le pays où il habitait. Après ce drame, il a décidé de vouer sa vie à la destruction des Bonnets rouges. C'est pour cela qu'il a organisé cette chevauchée. Il a traversé des contrées dominées par les Bonnets rouges et il est arrivé ici, en Tcherkylie, il y a des mois. Il a pris et détruit des fortins et des villes. Au début, les Bonnets rouges et leurs troupes n'ont pas cru au danger qu'il représentait. Jusqu'au moment où ils se sont rendus compte que les Tcherkysses commençaient à l'adorer comme un avatar de Talkan, leur démon de la guerre. Ils ne croyaient pas qu'il allait fondre sur Burga, leur capitale mystique et historique, et tenter de délivrer le Touktou qui est une autorité morale et religieuse si importante qu'ils n'ont pas osé le tuer. Par peur des réactions dans le pays.

« De nombreux Tcherkysses se sont joints à lui et à ses troupes, des fidèles qui sont venus avec lui du lointain Kouba. L'espoir est revenu ici, la peur a changé de camp. Les Bonnets rouges ont dispersé leurs forces sur tout le continent et leurs troupes ici, au coeur de leur empire, sont peu nombreuses.

« Rungern accomplit ce qu'il sait être une mission. Cela l'attire, l'excite et lui fait peur en même temps. Il éprouve un sentiment ambigu à l'endroit du sacré, fait de crainte, de scepticisme et de fascination. Nos routes et nos destins se sont croisés peu de temps après son départ. Il sait que je détiens la clé de son devenir, que je sais sur lui des choses qu'il ignore encore. Alors il m'écoute. Je ne l'ai jamais trahi, je ne le trahirai jamais. Et il le sait, il le sent.

— Et Armyn ?

— C'est son âme damnée. Il a aussi un rôle dans l'accomplissement du sort de Rungern. Leurs destinées sont étroitement liés.

— Et c'est à cause de cet élan sacré que Rungern veut libérer le Touktou ?

— Non, c'est parce que je lui ai révélé qu'il devait le faire.

— Explique-toi !

— Je lui ai dit qu'il mourrait d'ici un an. Sauf s'il délivrait le Grand Touktou et s'il pouvait retrouver une pierre sacrée, une pierre de pouvoir, la Gor-âl, une émeraude gravée.

— Et alors qu'adviendra-t-il ?

— Il aura le choix comme toute personne confrontée à son avenir. Il pourra soit atteindre l'état suprême, refaire l'unité avec son être, soit atteindre un état pire que la mort.

Son souffle s'était fait court. Elle fixa une nouvelle fois Blade au fond des yeux.

— Je ne comprends pas ton rôle, murmura-t-elle. Tu

chevauches le temps, tu disparais avec Rungern, mais tu ne meurs pas, et tu reviens. Les kirunes disent toujours la vérité, mais je ne comprends pas leur message cette fois. Tu n'es pas un envoyé du Roi du Monde, et pourtant ton destin est lié au sien, comme à celui de Rungern. Nos avenirs sont également liés. Comment cela est-il possible ? Comment peux-tu intervenir de façon aussi importante dans toutes ces destinées ? Tu es un homme bien mystérieux, Blade...

— Je suis un guerrier, au service de Rungern, tu le sais.

— Mais tu es bien autre chose.

— Oui, je suis un homme, et tu es une femme.

— Non, je suis Ilni la devineresse.

Blade posa une main sur l'épaule droite d'Ilni, ses doigts remontèrent et caressèrent la joue de la jeune femme et son index vint effleurer ses lèvres carminées. Elle frissonna et les doigts de Blade, franchissant le rempart de sa bouche, heurtèrent ses dents. Elle saisit son poignet avec force, comme pour le repousser puis finalement guida sa main vers son sein. Elle ferma les yeux et rejeta la tête en arrière et, tout en maintenant le visage de Blade entre ses paumes, elle se laissa glisser sur un matelas de fourrure.

Blade écarta les deux pans de sa robe. Il fit apparaître un corps blanc, sans défaut. Les globes de sa poitrine étaient ornés de deux petites aréoles brunes. Les pointes de ses seins durcirent et s'érigèrent sous ses doigts. Le dos d'Ilni se cambrait, ses reins se creusaient. Elle tendit sa toison épaisse vers le ciel. Blade comprit l'invite. Il descendit rapidement le long de son torse puis de son ventre, buvant la sueur qui perlait sur sa peau maintenant parcourue de frémissements.

Elle gémissait de plus en plus ardemment. Blade plongea la tête entre ses cuisses et pénétra de sa langue experte les replis soyeux de son intimité. Elle n'était plus que tremblements. Genoux repliés, le pubis projeté en avant, elle semblait vouloir s'ouvrir toujours plus comme pour attirer son amant au plus profond d'elle-même, en un simulacre d'accouchement inversé.

Blade sut qu'elle était sur le point d'atteindre le premier pic de son plaisir. Il ne s'arrêta pas. Très vite, en effet, un cri jaillit de sa gorge qu'elle comprima aussitôt. Haletante, le corps arqué, elle semblait vouloir s'échapper d'une volupté qui la submergeait.

Blade l'aida à se mettre sur le ventre. Il continua de l'embrasser le long de la colonne vertébrale, remontant jusqu'à la nuque. Du bout des doigts, il caressait la racine de ses cheveux, juste au-dessus du cou, lui arrachant de nouveaux feulements de plaisir. Il descendit. Ses lèvres atteignirent ses reins, s'égarèrent dans le sillon qui séparait les globes charnus de ses fesses.

Puis, il souleva son bassin. Son propre désir était depuis longtemps à son comble. Il respirait ce corps à pleins poumons, enivré par le parfum qui s'en dégageait. En s'introduisant dans la fente offerte, il sentit pourtant une légère résistance qu'Ilni ponctua d'un faible cri de douleur. Blade s'immobilisa quelques instants dans ce sexe étroit et doux puis, lentement, reprit sa progression. Ilni, encore embrasé son orgasme précédent, frissonnait. Blade, son ventre dur plaqué contre le dos de son amante, titillait de la main le bout de ses seins en embrassant sa chevelure.

Puis il commença son lent va-et-vient. Très vite, Ilni calqua son propre rythme sur celui de son compagnon. Blade avait l'impression de la pénétrer de plus en plus profondément à chaque mouvement. Les muscles intimes de la prophétesse semblaient se reserrer autour du membre tendu. Avec douceur, Blade se retira, la retourna tendrement et souleva les deux jambes de sa maîtresse. Elle se laissa faire. D'un coup de rein, il s'introduisit en elle, toujours plus profondément. En gémissant, elle mordilla son index droit replié. Les jambes nouées autour du bassin de son amant, elle chevauchait le plaisir au même rythme que lui.

Ils atteignirent ensemble l'orgasme. Elle colla ses lèvres contre celles de Blade pour s'empêcher de crier. Puis sa tête retomba sur la couche.

Il la recouvrit d'une couverture de fourrure jusqu'aux épaules. Les yeux de la prophétesse étaient fermés. Elle tremblait encore, mais son visage traduisait une grande sérénité intérieure.

— Tu étais vierge, dit Blade.

Elle ouvrit les paupières et le regarda en souriant, les yeux brillants.

— Oui, tu étais le premier. Les kirunes me l'avaient dit, que je deviendrai femme grâce à toi, grâce à un chevaucheur du temps. Ta semence est en moi. Elle est une des virtualités de mon avenir. Et du tien. Le destin ne peut que s'accomplir.

Soudain le chariot tanga un court instant, une masse avait bondi sur le siège de conduite et maintenant la toile qui protégeait l'intérieur du chariot se soulevait. Blade et Ilni tressaillirent et, instinctivement, le guerrier rechercha son arme.

Dans l'ouverture, la tête de Rungern apparut. Blade n'en fut pas rassuré pour autant. Il se rendait compte de la complexité des rapports qui existaient entre ces deux êtres, et de sa position d'intrus, voire de concurrent.

— Tu devais rester vierge, s'exclama l'atman d'une voix tremblante de fureur. Tu m'as trahi et avec moi tu as trahi le prêtre Jean lui-même.

— Non, répondit la femme. Toi seul ne devais pas me toucher.

Rungern laissa retomber la toile et disparut.

— Qui est ce "prêtre Jean" ? demanda Blade.

Elle lui mit l'index sur les lèvres, puis recommença à l'embrasser.

— C'est le souverain suprême de tous les êtres de ce monde. C'est un autre nom du Roi du Monde. Mais il ne se montre jamais hors de son domaine, dit-elle simplement.

*
* *

Juste avant l'aube, Blade s'arracha à la chaleur du corps de Ilni. À demi endormie, elle tenta un instant de le retenir. Sa poitrine s'échappa des couvertures. Blade y déposa un baiser. Puis il sortit dans le froid de la nuit finissante. Une brume glaciale mordait sa peau.

Rungern avait finalement donné l'ordre que trois guerriers tcherkysses partent avec Blade. Le quatuor gagna le village. Deux soldats les accompagnaient afin de ramener les chevaux.

Au village, les quatre hommes s'équipèrent de vêtements identiques à ceux des paysans. C'est la famille de la jeune fille agressée qui avait été choisie pour se rendre à Burga. Deux autres filles se joignirent à eux. Blade se laissa grimer avec des terres et des essences naturelles. Il n'avait pas de moyen de se regarder. Mais les commentaires de ses compagnons soulignaient la qualité du maquillage. Des pigments plus sombres avaient faussement creusé les joues.

Ils avaient prévu d'arriver à Burga juste avant le couvre-feu. À la tombée du jour il y aurait ainsi plus de chances pour que le déguisement de Blade fasse illusion.

Des chevaux les amenèrent à environ deux heures de marche de Burga.

Les deux soldats d'escorte repartirent avec les montures. Blade, les trois soldats tcherkysses et les villageois continuèrent. Les enfants pleuraient en silence. Les femmes, visages durs, avaient peur. Les hommes aussi.

Blade ignorait si le stratagème allait fonctionner. Il évaluait à une chance sur dix, la possibilité de passer sans encombres. Mais il n'en souffla mot.

La veille, grâce au chef du village, il avait appris l'existence effective d'une résistance aux Bonnets rouges dans la ville de Burga, mais l'empressement de Rungern ne lui avait guère permis d'affiner son plan. Aussi profita-t-il du voyage pour interroger les paysans. Il apprit ainsi que la jeune fille qui avait été agressée par les deux Koubans pouvait détenir certaines informations utiles.

— Comment t'appelles-tu ? questionna Blade.

La jeune fille baissa les yeux.

— Sada.

— Eh bien, Sada, sais-tu quelque chose qui puisse nous aider dans cette mission ?

— Gen était mon ami...

— Gen ? Qui est Gen ? la coupa Blade.

— C'est le fils du chef. Il est parti rejoindre la résistance. Un jour, il est repassé au village et il m'a emmené à Burga, chez lui. Je voulais rester. Mais il a refusé. Je crois qu'il connaissait une autre fille là-bas.

Sada se mit à pleurer.

— Et tu saurais retrouver les lieux ?

— Je crois.

La situation n'était finalement peut-être pas aussi difficile qu'il y paraissait. Il avait une piste et un, ou plutôt une, guide.

Mais, pour l'instant, le problème allait être de pénétrer dans la ville. Blade se souvenait de la scène à laquelle il avait assisté voici peu. Pour entrer dans la cité il fallait montrer patte blanche, et le petit groupe qu'il menait ne possédait aucun document ou titre de déplacement. En fait, dès son élaboration, ce plan reposait sur la curiosité des autorités locales à l'égard d'un groupe de réfugiés ayant été confronté récemment avec les troupes de Rungern. S'il avait commandé la défense de la ville, il aurait été avide d'informations sur les forces qui s'apprêtaient à l'attaquer. Blade espérait en secret que la curiosité faisait partie des qualités des chefs militaires des Bonnets rouges.

Lorsqu'ils parvinrent en vue de Burga, il n'y avait pas âme qui vive hors des murs, en cet après-midi finissant. Sur la route, à quelque distance, le petit poste de garde avancé surveillait le passage. On voyait des soldats rouges au sommet de la tourelle.

— Il est temps de vous en remettre à tous les dieux en qui vous croyez, dit Blade. En avant.

Ils avaient piètre allure. Les deux heures de marche — en fait presque trois — les avaient épuisés. Les villageois faisaient plus réfugiés que nature. Les trois soldats tcherkysses, même s'ils étaient mieux nourris, et surtout plus régulièrement, devraient pouvoir donner le change. Restait Blade. Certes, la route avait déposé sur ses traits une couche de crasse et il s'y entendait pour se grimer et jouer la comédie, mais il craignait tout de même un contrôle approfondi. Ses traits, sa taille, trahissaient l'étranger.

Le poste de garde se rapprochait. On commençait à apercevoir clairement les physionomies. Des hommes en uniforme gris sortirent de la tourelle. Une douzaine. Leurs faciès étaient rien moins qu'engageants. Seuls quatre gardes étaient équipés de fusils. Deux au sommet de la tourelle, deux autres au pied, braquant leurs armes vers les arrivants.

Un soldat s'avança vers eux.

— Qui êtes-vous ? D'où venez-vous ?

Le père de Sada parla pour le groupe :

— Nous sommes des paysans du village de Soun-Kie...

— Jamais entendu parler de ce trou, répondit l'homme avec morgue.

— C'est très loin vers les montagnes. Nous avons été attaqués par l'armée de l'atman Rungern…

Le Rouge gifla le villageois qui tomba à terre. Blade serra les poings, mais se contint.

— Il n'y a pas d'atman Rungern, il y a un hors-la-loi sans nom, retiens bien cela, si tu ne veux pas qu'il t'en cuise davantage.

Le garde s'avança vers Sada. Il regarda la jeune fille et la força, de l'index, à relever la tête.

— Et toi, raconte-moi ce qui est arrivé.

— Ils étaient très, très nombreux. Des milliers. Il en venait de partout. C'était comme une gigantesque vague.

Blade vit le soldat pâlir. Son visage semblait s'allonger. Intérieurement, le voyageur des dimensions se réjouissait. La jeune fille tenait son rôle à merveille, tandis que son père se relevait.

— Ils ont égorgé tout le monde, violé les femmes et les jeunes filles. Le spectacle était effroyable. Nous n'avons pu y échapper que parce qu'on était dans les collines à ce moment. Ses soudards ont tout détruit.

« Oh monsieur l'officier, cria-t-elle en se jetant à ses pieds tout en s'accrochant désespérément à son uniforme, sauvez-nous. Défendez-nous contre ces monstres !

Le soldat se mit à rire. Il lui caressa la joue du dos de la main.

— Tu disais qu'ils étaient combien ?

— Des milliers !

— En es-tu sûre ?

— Oui, seigneur.

Les autres hochaient la tête. Le garde se mit à tourner autour d'eux.

— Et que désirez-vous ? demanda-t-il.

— Etre hébergé en ville. Là nous serons en sécurité, répondit le père de Sada. Vous croyez que vous pouvez nous protéger contre ces hordes ?

— Naturellement, paysan, répliqua le soldat furieux.

Il s'approcha de Blade, l'œil suspicieux. En l'observant par en-dessous, il tourna autour de lui, sans mot dire.

— Et toi, tu ne dis rien ? Tu n'as donc pas peur de ces bandits, ou es-tu muet ?

— Oh si, seigneur, j'ai eu très peur, dit Blade essayant d'adopter les intonations chantantes des Tcherkysses.

— Il faut que vous alliez exposer tout cela au Conseil des Soldats. Dire en détail tout ce qui vous est arrivé, lança-t-il à la cantonnade. À quelle distance dites-vous qu'ils se trouvent ?

— Une journée de marche.

L'homme sembla soudain éprouver quelques difficultés pour déglutir

— C'est bon, allez-y.

Le groupe s'avança. Blade était stupéfait, mais pas complètement rassuré, de s'en être sorti à si bon compte. Il sentait le regard appuyé du garde sur sa nuque alors qu'il passait devant lui. Après avoir franchi, le premier poste, ils atteignirent le second. Mais ce ne fut qu'une formalité.

Une fois de plus, Blade eut l'impression que tous les regards convergeaient vers lui.

Le soir tombait.

— Pressez-vous un peu, dit un soldat. Cela va être le couvre-feu. Que l'on ne vous trouve pas dehors, après la sonnerie.

Il échangea un regard appuyé avec un autre garde, comme

pour lui signifier que, décidément, ces paysans ne comprenaient rien à rien, et qu'ils agissaient toujours avec une crispante lenteur.

Le petit groupe accéléra le pas pour passer la muraille. Dans leurs cages situées près de la poterne, les molosses s'agitaient, sentant que l'heure de la liberté était proche.

Blade et ses compagnons s'aventurèrent dans la ville. Allongeant le pas, pour se retrouver le plus rapidement possible hors de vue. L'ombre enveloppaient maintenant la cité. Le couvre-feu n'allait pas tarder. Il fallait trouver rapidement un abri.

Blade prit la main de la jeune fille et l'amena en tête de leur petite troupe, l'interrogeant du regard sur la route à suivre.

— Par là, dit la jeune fille, indiquant une direction.

Ils avaient à peine franchi le premier tournant qu'ils se retrouvaient nez à nez avec une patrouille d'une vingtaine de gardes. Les Bonnets rouges les attendaient visiblement. Le petit groupe de villageois eut un mouvement de recul. Mais le piège était parfait, d'autres soldats surgirent des rues voisines, encerclant les réfugiés. Blade fit un signe discret, demandant de ne pas bouger. Il s'agissait de poursuivre le rôle de pauvres villageois jusqu'au bout. Les gardes s'avancèrent. Ils tirèrent leurs épées. L'un d'eux la leva et l'abattit sur le père de Sada dont la tête tomba à ses pieds. Les femmes hurlèrent. Les enfants se jetèrent dans les jupes de leur mère.

Les Tcherkysses et Blade sortirent leurs armes. En un instant, les trois soldats de Rungern furent abattus à coups de lance ou d'épées. Piétinés par la soldatesque, leurs corps transpercés rougirent bientôt la terre de la ruelle. Visiblement des ordres avaient été donnés concernant Blade, pour qu'il fût capturé vivant,car il échappa au massacre ; une grappe de soldats s'était jetée sur lui et il avait rapidement succombé sous le nombre. Immobilisé par cinq solides gaillards, il assista impuissant à la boucherie qui suivit le guet-apens : les petits garçons et leur mère furent froidement assassinés, Sada et deux adolescentes survivantes frappées et violées par des soudards qui leur arrachèrent leurs vêtements et les plaquèrent au sol.

Tandis qu'on l'entraînait à coups de crosse dans les reins, les poignets entravés par une corde, Blade, la rage au cœur, entendit encore longtemps les cris de souffrance des trois jeunes filles. Enfin, une trompe retentit. Puis d'autres sonneries moins fortes lui répondirent dans tous les quartiers de Burga et noyèrent les hurlements des victimes

Le voyageur des dimensions fit mentalement le point. Il était dans Burga, mais dans une situation plutôt différente de celle qu'il avait envisagé ! Une dizaine de gardes l'accompagnaient maintenant. Les autres étaient repartis en patrouille ou vers leurs casernements.

L'obscurité était presque totale. Les rues, vides et silencieuses, puaient, mélange d'odeur de beurre rance et de détritus.

Tout à coup, une masse tomba sur le soldat de tête. Immédiatement suivie d'une autre sur son voisin. Des formes indistinctes churent silencieusement sur les gardes. Les masses en question bougeaient. Elles avaient des bras, des jambes, une tête. La résistance ? s'interrogea Blade.

En un instant, les soldats furent neutralisés, proprement égorgés. L'attaque s'était déroulée sans un cri, sans un bruit autre que celui de la chute des corps. Décidément, cette cité avait épousé le silence. Un homme coupa les liens de Blade avec son couteau.

— Vite ! Suis-nous !

Blade n'avait guère le choix. Il emboîta le pas des inconnus.

CHAPITRE IX

Les libérateurs de Blade se mouvaient aussi rapidement que leur course était silencieuse. Deux fois, ils s'immobilisèrent pour se plaquer contre le mur, protégés par la noirceur d'une nuit sans lune. Des patrouilles passèrent sans rien remarquer.

Les mystérieux sauveurs, une vingtaine au moment de l'attaque, s'étaient peu à peu évaporés dans la nuit, il n'en restait plus qu'un avec Blade. Ils gravirent un escalier et parvinrent dans la ville haute. Blade en profita pour jeter un coup d'œil derrière lui. Au centre de l'agglomération, il pouvait apercevoir un grand bâtiment à plusieurs étages largement éclairé. L'homme qui l'accompagnait se retourna et vit que Blade s'était arrêté. Il revint vers lui.

— Le Conseil des Soldats, dit l'inconnu. Le cœur de la défense des Bonnets rouges.

— Et là ? interrogea Blade, désignant du doigt un autre bâtiment, presque aussi grand mais plus sombre.

— C'est le temple de la secte des Bonnets rouges. Leur bastion. Ils s'en sont emparés ; à l'origine c'était le temple des Bonnets jaunes, les représentants du Touktou et du Roi du Monde. C'est là qu'est née la tyrannie dont Rungern nous délivrera. Il abrite aussi le gouvernement civil de la ville. Mais ils n'ont aucun pouvoir réel.

— Merci de votre intervention, dit Blade en tendant sa main. Je m'appelle Blade.

— Je sais, répondit l'autre. Mon nom est Gen. Mais ne traînons pas ici.

Quelques rues plus loin, Gen poussa la porte d'une courette. À l'intérieur, il frappa trois coups à une porte. Celle-ci s'ouvrit. Les deux ombres entrèrent. Un jeune homme referma la porte derrière eux.

— Vous êtes la résistance ? demanda Blade.

— Si l'on veut. La résistance active, du moins. Pratiquement tous les Tcherkysses sont des résistants dans l'âme.

— Vous étiez l'ami de Sada ?

— Oui. Je sais ce qui lui est arrivé. Elle est tombée entre les mains des Bonnets rouges. Á cette heure elle doit être morte, mais nous ne pouvions pas intervenir tant que les gardes étaient nombreux. Nous vous avons suivi et choisi le lieu et le moment le plus propre à votre délivrance.

Gen invita Blade à s'asseoir sur des bancs de pierre. Une vieille femme silencieuse et discrète vint leur apporter des bols d'eau chaude dans lesquels nageaient des herbes odorantes. Le récipient brûlait les doigts. La pièce était dépouillée. Les quelques éléments de mobilier semblaient taillés dans la roche. Dans un coin deux petits cônes d'encens se consumaient lentement.

— Les gardes ne vont-ils pas fouiller la ville ? interrogea Blade.

— Si, mais seulement la ville basse. Ils n'osent pas trop s'aventurer dans cette partie de Burga. Nombre de leurs dignitaires résident dans la ville haute, ils sont jaloux de leur tranquillité. Non, ils vont retourner les quartiers populaires, prendre des otages, mais ils ne nous trouveront pas. Nous avons appris beaucoup depuis les révoltes avortées du début de l'ère des Bonnets rouges. Mais au cas, bien improbable, où ils approcheraient, nous serions prévenus à temps.

— Malgré le couvre-feu ?

— Nos communications fonctionnent très bien. Ainsi, tout le monde savait que vous arriviez. Vous avez dû le remarquer.

— C'était évident. J'ai été tout de même surpris de la facilité avec laquelle nous sommes entrés dans Burga.

— Et pour cause, vous étiez attendus. De toute manière, vous n'aviez aucune chance de passer inaperçu, même dans l'obscurité. Vous ne ressemblez pas vraiment à un Tcherkysse. Je pense qu'ils désiraient obtenir de vous les informations qui leur manquent encore, c'est pour cela que vous n'avez pas été liquidé tout de suite. Il y a des traîtres dans l'armée de Rungern.

Blade songea immédiatement à Armyn.

— Donc les Bonnets rouges ont une bonne connaissance de l'importance réelle des forces de Rungern ?

Blade réalisa ainsi, qu'en matière de comédie, le garde qui les avait inspecté lors de son arrivée aux portes de la cité, avait déployé un talent certain. Il avait joué la terreur avec un naturel extraordinaire.

— Alors cela ne sert à rien de faire courir le bruit qu'une immense armée approche.

— Si. Une grande majorité de citadins est prête à se battre et à aider Rungern à prendre la ville. Mais ce ne sont pas des guerriers. Ils ont peur et ont besoin d'être galvanisés. Lorsque Rungern approchera, il sera essentiel de faire courir le bruit dont tu parles. Ils trouveront ainsi le courage de se battre. Et nous y contribuerons.

Le jeune homme vint s'asseoir à côté de lui. Une jeune fille entra et les rejoignit sur le banc. Elle avait de longs cheveux noirs, des traits fins, de longs yeux sombres. Sa peau était très blanche. Elle était revêtue d'une robe tunique bleue, fermée sur le devant et qui tombait un peu plus bas que ses genoux.

— Même les Bonnet rouges peuvent ne pas être insensibles à ces bruits, dit-elle. Ils craignent Rungern et lui prêtent mille pouvoirs obscurs. Ils connaissent les légendes du Talkan. Ils sont tout à fait capables d'imaginer que Rungern puisse multiplier ses hommes.

Ils continuèrent leur discussion une partie de la nuit. Un messager vint prévenir que les gardes se trouvaient à l'orée de la partie haute. Blade découvrit ainsi qu'un réseau de galeries parcourait le sous-sol de la ville.

— Seulement de la ville haute, précisa Gen.

L'émissaire de Rungern s'informa sur l'état des forces résistantes. Elles étaient faibles, mais tout de même susceptibles de perturber la défense ennemie, en particulier par leur capacité à se déplacer discrètement et à frapper vite et fort.

— Quand Rungern doit-il arriver ? demanda Gen.

— Demain, après-demain... ou plus tard. Comment savoir avec lui ? Je pense qu'il ne tardera pas. Il a hâte de libérer le Touktou et veut prendre Burga auparavant.

— Dès demain matin, on va commencer à faire courir des bruits en ville. Il faut ébranler la confiance des Bonnets rouges.

La jeune fille qui s'appelait Sylka questionna Blade sur l'atman. Elle en avait beaucoup entendu parler, mais ne l'avait jamais vu. Une fois de plus, Blade vérifiait la ferveur qui animait tous les Tcherkysses à l'endroit de Rungern.

— Personne n'a peut-être autant fait que lui pour libérer notre peuple physiquement et moralement. Il donne un nouveau sens sacré à notre existence en nous rendant à nos traditions. Viens !

Sylka entraîna Blade vers un petit escalier. Ils gagnèrent le toit-terrasse. Là, elle le fit asseoir pour regarder les étoiles.

— Un jour, je deviendrais moi-même une étoile, dit Sylka. Et puis je reviendrai. Tiens, regarde ! Une âme revient sur terre.

Une étoile filante traversait alors l'espace.

— Dans mon pays, dit Blade, on fait un vœu en voyant une étoile filante.

Blade regardait vers l'horizon. Une lueur indécise couvrait la plaine au loin. Rungern ?

Mais il n'avait pas été le seul à remarquer cette clarté diffuse. Le lendemain matin, elle était sur de toutes les lèvres. Au fil des heures, la rumeur s'enfla au gré des ajouts de tous ceux qui n'avaient rien vu, mais en savaient plus que les autres.

Gen, Sylka et le groupe de résistants s'employèrent activement à répandre toutes sortes de rumeurs sur la progression de Rungern, sur les forces occultes qui le soutenaient… La panique commença par gagner les collaborateurs civils des Bonnets rouges qui, comme toujours dans ce type de situation, constituait le maillon faible de la chaîne d'oppression. Le risque d'une telle intoxication était, bien sûr, de voir se renforcer encore les défenses de la ville. Il était évident que les dignitaires du régime, religieux ou militaires, avaient suffisamment à se reprocher pour savoir ne devoir attendre aucune clémence de la part de l'atman.

Il était donc nécessaire d'instiller dans le milieu plus fermé des soldats ou des dirigeants un bruit en totale contradiction avec cette analyse, une rumeur qui désamorcerait les velléités de transformer Burga en une citadelle imprenable.

Blade savait que Rungern voulait prendre Burga avant d'assiéger Bogdul, la demeure-temple du Touktou, mais il recommanda à Gen de faire courir dans les cénacles de la ville haute une rumeur selon laquelle Rungern voudrait libérer le dignitaire religieux avant de prendre la capitale, pour le faire entrer triomphalement dans la ville, et déloger la secte impie de son temple.

L'état-major des Bonnets rouges eut, comme l'espérait Blade, vent de "l'information". Et l'intoxication, qui correspondait à l'imprévisibilité bien connue de Rungern, fonctionna à plein. Il fut immédiatement décidé d'envoyer d'urgence d'importants renforts vers la forteresse. Des troupes sortirent en hâte de Burga. Il n'en fallait pas davantage aux résistants pour exploiter cette aubaine. Bientôt, la ville retentit d'une nouvelle rumeur : les Bonnets rouges fuyaient Burga devant la progression de l'armée de Rungern. Leurs alliés commencèrent à rassembler leurs biens et se préparèrent à partir.

Blade avait émis le désir rencontrer quelques éléments combattants de la résistance. Dans une vaste pièce creusée dans la roche au détours de l'un des souterrains, une quarantaine de jeunes gens, garçons et filles lui furent présentés. Parmi eux se trouvaient ceux qui avaient participé à sa libération la veille.

Ils disposaient tous d'au moins une arme, long sabre ou

dague. Quelques fusils également, mais aucune réserve de munitions.

Un homme âgé fit son entrée. Aussitôt les conversations cessèrent et les jeunes gens se pressèrent pour le saluer, inclinant un bref instant le buste, mains jointes sous le menton.

Gen le présenta à Blade :

— Rama est un prêtre, un Bonnet jaune, il a échappé au massacre des siens lorsque les Bonnets rouges se sont emparés du pouvoir. Le clergé traditionnel était beaucoup plus tourné vers la contemplation que celui de cette secte impie. Ils avaient perçu le déséquilibre du monde et avaient constitué un pôle de prière et de concentration autour du Touktou afin que l'harmonie triomphe.

Blade s'inclina devant le vieillard qui portait un foulard safran, symbole de son appartenance religieuse.

— Voyageur Blade, la rumeur de ton arrivée nous est parvenue. Nous savons que tu es devenu immédiatement un proche de Rungern-Talkan. Tu n'es pas un homme ordinaire.

— Disons que je suis un guerrier, et que Rungern a décidé d'utiliser mes capacités… militaires.

— La discrétion est une des vertus de l'homme sage. Et la vérité chevauche l'espace et le temps. J'ai confiance en toi et en Rungern. Bientôt nous serons débarrassés du joug des Bonnets rouges, le Touktou sera libéré, d'une manière ou d'une autre, et le prêtre Jean rétablira l'équilibre. L'univers connaîtra de nouveau l'harmonie. Certains d'entre nous ne seront plus là pour le voir, mais je *sais* que tu réussiras. Ici ou ailleurs.

— Merci de ta confiance, saint homme, mais cette liberté devra se conquérir par les armes. Je vais mettre mes connaissances de soldat au service de ces jeunes gens, afin qu'ils soient nombreux à pouvoir fêter la victoire.

Blade entreprit d'enseigner aux jeunes résistants quelques rudiments des techniques de combat qu'il maîtrisait, celles du moins qu'il pouvait transmettre rapidement. Le temps était compté. Mais les élèves étaient motivés.

Blade s'interrompit au petit matin, afin de prendre quelques heures de repos. Puis l'entraînement reprit, harassant, monotone.

Sylka, qui n'avait pas participé à la préparation, les rejoignit. Depuis le matin, elle parcourait la ville, distillant ça et là fausses informations, vérités tronquées et mensonges habiles.

— Burga s'agite. Les Rouges commencent à s'énerver, il patrouillent en ville et frappent au hasard.

— Il va être temps d'ajouter notre touche à la confusion, dit Blade.

— Il y a le problème des corks, les chiens monstrueux que les gardes lâchent autour de la ville toutes les nuits. Leurs enclos sont situés près du rempart et ils peuvent être lâchés sur les assaillants en cas d'attaque. Ce sont de vraies machines de guerre, l'armée de Rungern risque de perdre du temps et des forces à les affronter.

Blade réfléchit un instant :

— Ces bêtes sont assez effrayantes, c'est vrai. Eh bien, cela pourrait faire l'objet d'une première opération pour nos jeunes troupes. Vous ne croyez pas ?

Délibérement enjoué, Blade se frottait les mains, voulant créer un climat optimiste parmi les jeunes combattants.

— J'ai aperçu leurs cages en arrivant. Elles sont bien gardées. À mon avis, le seul moyen pour liquider ces fauves, c'est le poison. Reste à trouver une façon de l'administrer.

— Ça peut sans doute se faire… dit Gen.

Le jeune résistant fit signe à Blade de le suivre et l'entraîna à travers le labyrinthe des souterrains. Par instant, ceux-ci rétrécissaient et l'on ne pouvait plus progresser que cassé en deux. Le boyau se ramifiait de place en place.

— Vous ne vous perdez jamais ? demanda Blade.

Le jeune Tcherkysse eut un sourire.

— Ce réseau a été creusé il y a très longtemps, lorsqu'un souverain de Burga a décidé d'installer un système d'égouts dans la ville haute. Tout a été abandonné à sa mort. Mais nous en avons dérobé les plans. Les seuls qui existaient. Les Bonnets rouges ont toujours eu peur de s'y aventurer. Ils préfèrent en nier l'existence !

Le tunnel qu'ils remontaient débouchait sur un escalier qu'ils gravirent. Gen déplaça une lourde pierre. Ils arrivèrent dans un antre sombre. Un vieil homme aux cheveux blancs était là, allongé sur une natte, la tête posée sur un minuscule banc de bois. Il fumait une longue pipe blanche. Ses doigts étaient si fins qu'ils paraissaient translucides. Gen vint s'asseoir face à lui. Blade se plaça à la droite du jeune homme.

Le trio resta en silence quelques secondes qui parurent interminables à Blade.

— J'ai ce que vous venez chercher, dit l'homme sans ôter la pipe de sa bouche.

Blade regarda Gen. Celui-ci lui adressa un signe de tête rassurant.

— Je te remercie, noble Jokun. Où cela se trouve-t-il ?

— Là-bas, dans ce coin. C'est la boîte noire. Préparez de petites galettes de lamnis et mélangez-y cette poudre. Elle attaquera le système nerveux des corks. Ils deviendront comme fous, ils s'entredéchireront en se jetant les uns sur les autres avant de mourir.

— Mais comment les déciderons-nous à les manger ? interrogea Blade.

— Ils viendront. L'odeur des galettes les attirera. Et la poudre contient une substance dont ils raffolent.

Les deux hommes prirent congé. Ils regagnèrent le tunnel.

— Comment savait-il ce que nous voulions ? s'enquit Blade. Personne n'a pu faire plus vite que nous. Et nous étions les seuls à connaître l'objet de notre visite.

— Jokun a de nombreux pouvoirs. C'est un ancien prêtre, un Bonnet jaune bien sûr. Il chevauche les arbres et dialogue avec des esprits. Il connaît les herbes et les plantes.

— Et les autorités le laissent tranquille ?

— Ils font mine de l'ignorer. Les soldats des Bonnets rouges ont un peu peur de lui. Il a la réputation d'être un sorcier. Et il est protégé par les plus vieilles familles de la ville.

Il ne fallut que quelques minutes aux femmes pour préparer les petites galettes. Elles étaient élaborées à partir d'eau mélangée à la farine d'une graminée locale. On ajouta la poudre du chamane Jokun. La pâte fut ensuite malaxée et divisée en petite boules qui séchaient très vite à l'air libre.

Pendant ce temps, Blade et Gen étaient retournés auprès de leurs camarades à l'entraînement. Ils constituèrent quatre groupes qui avaient pour mission d'attaquer les postes de garde des corks, de jeter les galettes à ces derniers et de disparaître.

Une à une, les équipes s'élancèrent, empruntant des sorties différentes. Chaque membre avait ordre de gagner séparément un point de contact proche des objectifs. La ville était en émoi. Le travail de sape de la rumeur avait fait son œuvre. Les troupes rouges devenaient nerveuses. On annonçait Rungern très proche. Des unités quittaient Burga pour rejoindre Bogdul. Des civils compromis les suivaient. Simultanément, des mains anonymes contribuaient spontanément à la panique en se livrant à des actes de rebellion ou de sabotage.

Certaines unités des Bonnets rouges s'adonnaient à une répression aveugle. Mais leur capacité de nuisance était limitée par la résistance grandissante, bien qu'encore balbutiante, de Burga. La ville faisait le gros dos en attendant de pouvoiréliminer les parasites qui se nourrissaient d'elle.

La panique semblait avoir également gagné le temple des Bonnets rouges , des moines en robes brunes ou carmin, coiffés d'un bonnet pointu à oreillettes, couleur de sang, s'affairaient, couraient en tous sens. Des estafettes faisaient sans arrêt la navette entre le temple et le Conseil des Soldats, siège de l'autorité militaire de la ville.

Un des clochetons qui parsemaient le toit plat du temple — une large bâtisse peu élégante recouverte de peintures violentes, aux couleurs criardes, représentant les hauts faits de la secte — avait été ceint de longs rubans décorés de prières adressées aux puissances protectrices de la secte.

Un autre tourelleau, percé de larges ouvertures, avait été ouvert à tous les vents et une théorie de moines, du plus jeune au plus âgé, y trimaient, poussant sans relâche sur les barres du mécanisme qui assurait la rotation d'un immense moulin à prières, haut comme deux hommes. L'instrument, empli de bandelettes de tissus et de papiers surchargés de paroles sacrées, délivrait son messages aux dieux. Un message qui, en l'occurence, devait s'apparenter à un appel à l'aide !

Cette agitation contribuait à créer le climat que Blade avait souhaité instaurer dans la ville.

« La propagande et la manipulation ont cela de satisfaisant pour l'esprit qu'elles conduisent l'adversaire à jouer contre son propre camp. Utilise la force de ton ennemi pour la retourner contre lui. Précepte de base de tous les arts martiaux ! »

Blade sourit en songeant combien était iconoclaste son idée de classer la propagande parmi les méthodes de combat à base philosophique. Iconoclaste, mais drôle !

Il n'avait pu résister au plaisir de se joindre à l'opération d'élimination des corks, malgré sa taille peu discrète. Sylka l'avait accompagné, afin de lui servir de guide. Plusieurs fois, tout en marchant, elle avait pris sa main.

Ils retrouvèrent leurs compagnons au point prévu. Blade vérifia une dernière fois que chacun connaissait son rôle. Il s'approcha de l'angle d'une rue qui débouchait sur une place où, à une vingtaine de mètres de lui, se trouvaient certains des enclos des fauves. Les molosses s'agitaient dans la cage. L'heure de leur patrouille hors les murs approchait. Blade compta douze gardes. Ils avaient l'air nerveux. Tous étaient armés, fusils en main, observant de tous côtés. Il faudrait agir très vite.

Il revint auprès de son commando. Deux groupes furent constitués. Ils devaient déboucher de deux rues différentes. Dans chaque section, il plaça un porteur de galettes.

Les équipes se séparèrent, puis tout alla très vite. En un tournemain les résistants furent sur les gardes. Ces derniers avaient été surpris par la soudaineté de l'action. Ils ne s'attendaient pas à une attaque organisée venant de l'intérieur de Burga. Ils redoutaient davantage une arrivée brutale des soldats de Rungern.

Des coups de feu claquèrent. Deux jeunes gens tombèrent, frappés à mort. L'un des deux portait des galettes. Sylka qui se trouvait à ses côtés s'empressa de les ramasser. Un garde allait la mettre en joue. Blade l'en empêcha d'un coup de poignard en plein cœur. La mêlée était confuse. Les résistants se battaient avec les Rouges. Ils luttaient avec ferveur, se libérant de plusieurs années d'asservissement. Une ferveur qui contrebalançait leur inexpérience. Les petites galettes furent projetées par-dessus les grilles. Les énormes corks s'agitaient follement depuis le début de l'affrontement. Ils se jetaient sur les hautes barrières, mordant les barreaux à pleines dents. Certains sautaient si hauts qu'ils auraient presque pu s'échapper de leur enclos. Leur énervement redoubla lorsque les petits pains tombèrent dans leur enceinte. Après une seconde d'hésitation, les bêtes s'approchèrent des victuailles empoisonnées. Ils les reniflèrent avant de se jeter dessus.

Les douze gardes étaient à terre, baignant dans leur sang. La résistance n'avait perdu que quatre combattants, plus quelques blessés légers. Au loin, Blade avait entendu d'autres coups de feu. L'attaque avait donc bien été minutée, elle s'était déroulée simultanément aux quatre principales portes de la ville. Dans l'enceinte des corks, les bêtes rugissaient plus fort que jamais.

Dans une rue proche, on entendait des gardes arriver en courant. Les jeunes gens voulurent ramasser des fusils. Blade les en dissuada et leur enjoignit de fuir aussi vite que possible. Ils n'auraient pas le temps de s'en servir efficacement, ni de ramasser des munitions sur les corps pour recharger les armes. En outre, la possession d'un tel objet aurait immédiatement dénoncé leur qualité de résistant durant la traversée de la ville basse. Il n'était pas encore temps de se démasquer et de passer à l'affrontement direct. Ils prirent donc leurs jambes à leur cou.

Derrière eux, dans l'enclos des corks, la poudre du chaman produisait ses premiers effets. Un des molosses venait de se jeter au cou de l'un de ses congénères, ses mâchoires à la terrifiante puissance s'étaient refermées comme un piège d'acier sur la gorge de l'autre animal. Le sang jaillit, rouge et chaud. Et ce fut la curée. Les bêtes empoisonnées, devenues folles, semblaient atteintes d'une furie meurtrière ou suicidaire. Certaines se jetaient avec frénésie contre les barreaux, la bave aux lèvres, leurs muffles éclataient sous le choc, mais elles ne semblaient pas ressentir la douleur et continuaient, ivres de rage à se détruire contre les grilles. Le spectacle était hallucinant.

Trois gardes débouchant d'une ruelle restèrent pétrifiés quelques secondes devant ce tableau dantesque ; les jeunes résistants mirent à profit leur surprise pour se débarrasser d'eux en un instant. Puis tout le groupe s'égailla dans différents directions.

Sylka était restée avec Blade. Elle l'entraîna vers la ville haute. Au fur et à mesure de leur avance, ils entendaient les commentaires. La population avait entendu les coups de feu et les rugissements des corks, les hommes et les femmes, massés sur le pas de leurs portes, s'interrogeaient. On percevait maintenant des hurlements d'agonie qui arrachaient des frissons d'angoisse à plus d'un. Le couple vit une petite escouade de sept gardes se faire lapider par la foule. Les soldats préférèrent se replier.

Arrivés à destination, dans la masure, Sylka conduisit son compagnon vers un réduit, une sorte de niche située en hauteur. Une échelle y conduisait. L'endroit avait à peine un mètre cinquante de hauteur pour un peu plus de deux de long, et était tapissé de fourrure.

— C'est là que je dors, dit Sylka passant sa main sur le torse de Blade.

Elle l'embrassa. Il la saisit dans ses bras et l'allongea sur une pile de peaux en piteux état. Elle était jeune. Sans doute pas plus de dix-sept ans. Ses petits seins s'échappèrent de sa tunique. Ils étaient très pointus et fermes au toucher. Blade commença par les titiller, puis les mordilla. La fille gémit. Pendant ce temps, la main droite de Blade s'était insinuée sous la robe et caressait son sexe déjà trempé.

L'amour et la mort, l'excitation du combat, la peur, la poussée d'adrénaline qui surchauffe l'organisme, tout cela se transformait en un formidable appel à la vie. Blade connaissait bien ce phénomène qui transmute, après la lutte, l'énergie de mort en une énergie de vie.

Sylka ne faisait pas montre d'une grande expérience amoureuse. Mais compensait son ignorance par beaucoup de cœur et d'ardeur. Elle fit coucher son amant sur le dos et l'embrassa lentement sur tout le corps. Il avait rapidement et clairement manifesté le désir qu'il éprouvait. La jeune fille prit son membre entre ses doigts. Elle en excita l'extrémité avec sa langue tout en regardant Blade avec une lueur de défi dans le regard puis engloutit son sexe dressé dans sa bouche. Elle faisait aller et venir ses lèvres tout au long de sa hampe. Avec une éprouvante lenteur. Á bout de résistance, Blade attira au-dessus de lui le corps de la jeune fille. Son sexe était brillant de rosée. Il y appliqua ses lèvres.

Inexpérimentée, Sylka succomba à la violence de la sensation qui l'étreignit alors. Elle abandonna son ouvrage pour se mettre sur le dos. Extatique. Blade vint se placer sur la jeune fille et s'introduisit.

Inexpérimentée, mais plus vierge, pensa-t-il.

CHAPITRE X

La lune baignait la ville de sa clarté diffuse. Des nuages sombres venaient par instants l'obscurcir.

— C'est l'œil de la nuit, dit la jeune fille. Elle sait déjà qui l'emportera. Elle sait tout. J'en ai peur, ajouta-t-elle dans un murmure. J'ai peur de la nuit aussi.

— Il ne faut pas, répondit doucement Blade.

— Je n'ai pas peur de la nuit elle-même, mais des forces mystérieuses qui rôdent et se déchirent. Tant que nous n'aurons pas libéré le Touktou, je ne me sentirai pas rassurée.

La ville était redevenue relativement calme. Le manque de matières combustibles — toutes utilisées pour entretenir le rideau de flammes entourant les remparts — plongeait la cité dans une obscurité à peine troublée par les rayons lunaires. L'attaque de la résistance contre les enclos des corks avait provoqué une intense émotion. Tant les habitants de Burga que les Bonnets rouges en ressentaient les effets. Les uns reprenaient espoir — mais pas encore les armes —, les seconds prenaient peur. Cette attaque-éclair avait quelque chose d'inquiétant, de surnaturel. Dans ce pays imprégné, obsédé par la religiosité, la moindre manifestation inexpliquée ne tardait pas à se transformer en expression de forces obscures.

Aussi, du dernier soldat aux plus hauts gradés, les Bonnets rouges étaient en quête d'un prétexte pour quitter les lieux. Le mouvement faisait boule de neige, la panique engendrant la panique. Les derniers présents, dont le nombre se réduisait d'heure en heure, voyaient arriver le moment où, seuls, ils paieraient pour les crimes de tous.

Blade et Sylka se coulaient le long des parois des maisons à un ou deux niveaux. Ils avaient atteints la limite de la ville haute et ils empruntèrent les escaliers. Sous la pâle clarté lunaire, on pouvait distinguer les ombres mouvantes des troupes s'éloignant en direction de Bogdul. De longs serpents humains qui avançaient sans lumière dans le fallacieux espoir de ne pas se faire repérer par d'éventuels guetteurs de Rungern. Le mur de feu n'avait pas été allumé.

Blade était parvenu à décider Sylka de le guider jusqu'à la forteresse qui abritait le mystérieux Touktou. Ils allaient donc emboîter le pas aux troupes qui quittaient la ville.

Burga semblait abandonnée. Le couvre-feu avait retenti depuis un long moment déjà. Les soldats paraissaient l'avoir désertée. Mais des rondes de nuit avaient encore lieu. Les habitants continuaient de se terrer dans leurs maisons. L'espoir ne leur avait pas encore rendu le courage.

Blade ne s'était équipé que d'une épée et d'un poignard. La jeune fille avait choisi de n'emporter qu'une dague. Le but de cette reconnaissance vers Bogdul n'était pas le combat. Blade tenait à se faire seul une idée de la situation du temple-forteresse.

Et sans doute, plus ou moins consciemment, avait-il envie de reprendre l'initiative. La situation avait une désagréable tendance à lui échapper. Certes, il allait aider à l'accomplissement du destin de Rungern, celui d'Ilni et, sans doute aussi, celui du ténébreux Armyn et peut-être celui du Roi du Monde lui-même. Mais il avait surtout envie de reprendre le contrôle d'un destin en particulier : le sien !

Attendre dans Burga le bon vouloir de l'atman aurait été au-dessus de ses forces. Il devait agir.

— Depuis mon arrivée ici, j'ai le sentiment d'être le jouet de forces qui me dépassent. Tu comprends cela ?

La jeune fille avait acquiescé. Même si elle ne comprenait pas pourquoi ce mystérieux guerrier refusait d'accomplir simplement le rôle que lui avait dévolu le prêtre Jean. Mais après tout, s'était-elle dit in petto, peut-être cette velléité d'indépendance n'était-elle qu'un des masques de la volonté du Roi du Monde. Les voies des dieux sont souvent tortueuses…

Quelques minutes plus tard, ils atteignaient les faubourgs. Au loin, au-delà de la palissade, c'était la plaine, immense, sombre. Et encore plus loin, les hauts pics dont la crénelure était nimbée d'une aura fantomatique.

Sylka entraîna Blade vers une petite maison. Le bâtiment était adossé à la muraille de pieux qui entourait la ville. Il comptait un rez-de-chaussée et un étage presque sans aucune ouverture. Ils s'approchèrent de la porte. La fille frappa trois coups brefs, puis un dernier coup plus assourdi, du plat de la main. Derrière, on entendit le frottement de pas sur le sol. Ils s'arrêtèrent juste derrière la paroi. Sylka chuchota :

— Les dieux ne nous ont pas abandonnés.

La porte s'entrouvrit et une face burinée apparut dans l'encadrement. Le vieil homme, coiffé d'un minuscule bonnet, presque une calotte, tenait une lampe qui empestait le beurre rance.

— Entrez vite.

— Bonjour, Gin-Ko. Nous avons besoin de deux chevaux et de sortir de Burga…

L'homme fit un signe. Blade croisa le regard de Sylka qui lui souriait doucement. Ils s'engagèrent dans un couloir sombre, à la suite de la faible lumière qui ouvrait la route.

— Les Bonnets rouges se sont-ils éloignés ? interrogea la fille.

— Chut, fit simplement le vieillard.

Les narines exercées de Blade décelèrent l'approche de l'écurie. Gin-Ko poussa une porte qui grinça légèrement. Un cheval piaffa en grattant le sol de son sabot. Blade entendait le déplacement de la paille sur le sol. Dans la petite écurie, se trouvaient cinq ou six chevaux de petite taille. Le vieillard silencieux alla décrocher des cordages qui faisaient office de brides, tandis que Sylka s'emparait de deux couvertures brunes. Elle en jeta une à Blade.

— Tu sais monter à cru ? demanda-t-elle en souriant.

— Naturellement.

Ils placèrent les couvertures de laine sur le dos des bêtes. Gin-Ko mit en place les licols sommaires.

Sylka et Blade sautèrent sur le dos de leur monture respective.

— Beaucoup de soldats ont quitté la ville semble-t-il, dit Gin-Ko à voix basse. Mais soyez prudents. Qui sait ce que l'avenir réserve. Et puis il reste sans doute quand même quelques gardes, sans parler des traîtres de notre peuple. Cette porte est restée discrète ; lorsqu'ils ont consolidé les remparts ils ne l'ont même pas remarquée. Il faut dire qu'elle est bien dissimulée et que ces Bonnets rouges sont des ânes. Autrefois elle servait beaucoup, pour la contrebande (il ricana silencieusement), mais depuis qu'ils ont installé leur maudit réseau de flammes et qu'ils lâchent les corks la nuit, elle n'a plus servi.

Il ponctua son propos en crachant un long jet de salive sur le sol

Le couple le remercia cérémonieusement.

Le vieil homme alla ouvrir une porte à deux battants, qui se confondait avec la paroi de l'écurie. L'air frais de l'extérieur s'engouffra. Dans l'embrasure, Blade vit les étoiles. Sylka donna un coup de ses talons pour lancer son cheval. Il partit en flèche, immédiatement suivi par son compagnon. Blade se retourna alors que le vieillard refermait l'huis. Rien, dans la palissade, ne permettait de deviner qu'une ouverture était là, quelques instants auparavant.

Ils s'éloignèrent rapidement de la ville, mais sans emprunter le même itinéraire que les colonnes de militaires. Ils dévalaient de faibles pentes avant de gravir les versants opposés. Le plateau était plus vallonné que sur la portion traversée par Blade lorsqu'il était arrivé à Burga.

Il fallait normalement deux heures pour atteindre la forteresse du Touktou depuis Burga. L'itinéraire sûr qu'avait choisi la jeune fille demanderait au moins une heure de plus. La nuit était devenue plus claire. La voûte céleste était constellée d'étoiles, aucun nuage d'altitude ne venait filtrer la clarté stellaire. Presque par jeu, Blade tenta de reconnaître les configurations zodiacales qu'il connaissait. En vain.

Au fur et à mesure de leur progression le paysage devenait plus escarpé et la végétation se transformait. Des plaques de neige avaient fait leur apparition. Des bouquets d'arbres, puis de véritables forêts apparurent. Blade identifia différentes sortes de résineux et d'épineux. Le froid se précisait. Heureusement, Sylka lui avait procuré deux épaisses chemises de grosse toile et une veste de cuir. Et il avait coiffé un bonnet de fourrure.

Sylka fit arrêter les montures à quelques mètres du sommet d'une petite éminence. Elle demanda à Blade de mettre pied à terre. Ils s'avancèrent jusqu'au sommet de la butte pour apercevoir, de l'autre côté, l'objet de leur quête.

— La colline sacrée de Bogdul, murmura Sylka.

La forteresse-temple se dressait au sommet d'une colline recouverte d'une forêt touffue. La masse du bâtiment se découpait sur fond de ciel étoilé. Elle était parsemée de petites lueurs rouges, sans doute des lampes. Bogdul offrait à la vue un enchevêtrement de toits pointus, avec des encorbellements de bois. Une légère brume — un halo, plus précisément — l'enveloppait. Au pied, les troupes rouges campaient autour de feux de camp. Des soldats venus de Burga continuaient d'arriver en renfort.

— C'est étrange, pourquoi ne se sont-ils pas installés dans la forteresse.

— Mais parce que c'est le domaine réservé de Shokyam-Houni, répondit la jeune fille, un brin interloquée.

— Et qui est Shokyam-Houni ? continua Blade.

Cette fois, Sylka tourna carrément la tête vers son

compagnon, les yeux écarquillés.

— Mais c'est notre dieu principal. Le Touktou est son plus haut serviteur sur terre. C'est le plus ancien des noms qu'ait porté le Roi du Monde. En temps normal, seul le Touktou et ses plus proches fidèles ont le droit d'habiter Bogdul. Si on trouvait un étranger dans le bois sacré, il serait immédiatement chassé du pays. Et si c'était un Tcherkysse, il serait mis à mort. Cette demeure sacrée est impropre à l'habitation. On la dit étrangement configurée, faite pour la méditation.

« Des troupes Bonnets rouges fanatisées, menées par des prêtres de leur secte, sont allées l'occuper, pour garder le Touktou en détention. Ils ont sauvagement exécutés les autres prêtres dont les corps seraient, dit-on, exposés sur la colline. Mais les Bonnets rouges qui sont au pied de la montagne sont aussi et avant tout des Tcherkysses et ils n'ont sans doute pas grande envie d'aller s'exposer à la colère de Shokyam-Houni. Si on ne les y oblige pas, ils préfèreront rester en bas.

— À ton avis, combien y a-t-il de gardes en haut ?

— Je ne sais pas, répliqua la fille. C'est pour le savoir que nous sommes là, n'est-ce pas ? Ils sont sûrement nombreux. Peut-être plusieurs centaines... et ce sont les plus fanatiques, les plus dangereux, puisqu'ils ont bravé tous les interdits et séquestrent l'un des personnages les plus sacrés de ce monde.

Il faisait de plus en plus froid. Une neige légère se mit à tomber.

Ils attachèrent leurs montures auprès d'un arbre et s'élancèrent dans la nuit. Les chutes de neige redoublaient. Le couple progressait sur de la ouate qui étouffait leurs pas. Le tapis blanc qui se déposait leur permettrait une approche silencieuse et couvrirait rapidement les traces de leurs pas.

Ils arrivèrent bientôt à quelques centaines de mètres du pied de la colline consacrée. La visibilité était limitée par la neige. Blade remercia silencieusement les éléments qui semblaient vouloir favoriser son action.

Plusieurs campements cernaient la colline de Bogdul, mais

les soldats s'étaient rassemblés autour des feux ou sous leurs tentes et il ne leur fut guère difficile de passer inaperçus. Blade remarqua immédiatement la taille impressionnante des sapins. Leur hauteur et leur circonférence étaient extraordinaires. Les larges troncs étaient très proches les uns des autres. Les branches, qui descendaient bas, formaient une véritable voûte.

Leur progression était lente ; le sous-bois était très sombre. La neige n'atteignait pas le sol recouvert d'un épais tapis d'aiguilles. On n'entendait presque aucun bruit. Ou plutôt, on ne distinguait que des bruits étranges, mystérieux, à la fois très lointains et très proches. Blade tendait l'oreille. Par instants, il croyait percevoir des chants de femmes, à d'autres, des petits piaillements d'oiseaux répercutés à l'infini comme dans une immense caisse de résonances. Cette forêt était magique. Plusieurs fois, il fut convaincu d'avoir été frôlé par quelque chose. Mais il ne vit rien. Sans doute n'était-ce que des branches de sapins. Sans doute...

— C'est le seul accès à la forteresse ? demanda-t-il.

— Il y a une petite route en lacets. Quasiment un sentier. Mais elle est sûrement gardée. On devrait la couper plus haut.

Ils continuèrent d'avancer. Blade s'aidait de son épée pour se frayer une voie. Mais cela manquait d'efficacité. Et Sylka ne voyait pas cela d'un très bon œil. Pour elle, couper ou casser des branches de la sylve sacrée s'apparentait à une profanation. Heureusement les sapins alternaient avec d'autres conifères aux branches plus hautes.

Blade voulait à tout prix éviter de se laisser piéger par la venue du jour. Il se demandait si cette montée allait encore durer. Plus il avançait, plus la pente devenait abrupte. Tout à coup, son corps bascula vers l'avant, le rideau des branches basses s'était brusquement dérobé sous sa poussée, le précipitant dans une trouée sinuant entre les arbres. Le sentier !

La petite route menant au sommet était déserte et blanchie par les chutes de neige. Blade décida de poursuivre en suivant le chemin, mais en marchant sur son bord, à l'extrême limite des arbres afin de ne pas laisser de traces qui pourraient alerter une, toujours possible, patrouille ennemie. Il effaça les traces de son arrivée brutale sur le sentier et ils reprirent leur progression.

Ils purent accélérer le rythme de leur avance. Les arbres qui bordaient maintenant le chemin avaient souvent des branches plus hautes. Le sous-bois dense commençait plus en retrait. Sur le bord du sentier, Blade crut distinguer la carcasse d'une bête, adossée contre un pin. Il n'accorda pas une grande importance au fait. Quelques mètres plus haut, un autre squelette était appuyé contre un tronc. Et d'autres encore, de loin en loin. Difficile de croire que cette disposition pouvait être fortuite. Blade interrogea Sylka.

— C'est pour que l'animal revienne et que de, nouveau, il offre sa chair pour une nouvelle saison de chasse, répondit-elle.

Les Tcherkysses croyaient que l'âme des êtres se trouvait dans les os. Donc que la structure essentielle de l'être restait intègre tant que le squelette n'était pas brisé. Ainsi, en plaçant la carcasse désormais inerte de l'animal dans une position agréable, les Tcherkysses pensaient que la bête se recouvrirait de peau et de chair au même endroit, à la saison suivante. Ainsi, ils pourraient de nouveau la chasser et s'en nourrir, selon un cycle éternel. Un rituel animiste qui devait avoir traversé les millénaires.

Les squelettes alignés étaient ceux de bêtes gigantesques. Sylka lui apprit qu'il s'agissait d'ours géants, des bators, et qu'ils se faisaient de plus en plus rares dans la contrée.

— Mais qui chassait ici, puisque les Tcherkysses étaient interdits de séjour ?

— Les moines du temple, répondit Sylka.

Cet étrange et immense cimetière animalier conférait une atmosphère irréelle au lieu.

La montée était toujours plus raide. La route se déroulait selon une longue spirale qui entourait le sommet qu'ils atteignirent peu après. La densité du couvert s'était fortement réduite. Au travers des arbres, Blade aperçut les feux des gardes qui campaient à l'extérieur du temple.

Ils quittèrent le sentier pour parcourir à travers bois les

derniers mètres. Dissimulés derrière des troncs, ils observèrent la forteresse. Elle surgissait du brouillard ouaté. Vaisseau-fantôme emportant dans ses entrailles le cœur de tout un peuple. Mais un cœur étouffé et qui battait au ralenti. Les petites lampes rouges, apparaissant au hasard des ouvertures ménagées dans la paroi, dessinaient un réseau de nervures aux couleurs sanguines. Tout autour du palais, une palissade de bois, d'un mètre cinquante de haut à peine, avait été dressée. Des pieux aux pointes menaçantes avaient été fichés en terre de biais, en avant de ce mur. Une attaque massive et frontale se briserait sur ces défenses qui, pour être rudimentaires, n'en étaient pas moins dangereuses. Les gardes avaient allumé des feux. Il est vrai qu'ils ne manquait pas de bois. Blade entendait les phrases échangées par les soldats qui montaient la garde au-delà de la palissade.

Sylka tourna la tête et ses yeux s'écarquillèrent. Elle tressaillit et Blade dut recouvrir ses lèvres de sa main pour qu'aucun cri ne s'en échappe. Il regarda lui aussi. Entre les défenses et les premières rangées d'arbres, des pieux avaient été fichés en terre. Empalé sur chacun, un homme exposait son cadavre nu aux atteintes du temps. Certains avaient perdu un ou plusieurs de leurs membres, d'autres étaient privés de leur tête. Ils ne semblaient pas en état de décomposition malgré le temps écoulé depuis leur supplice, durée dont témoignait les traînées noirâtres et desséchées de sang sur le bois. Le froid les avait conservés.

— Les moines… murmura Sylka.

— Probablement.

Blade quitta des yeux ce macabre spectacle et observa l'architecture du temple. Il ne semblait pas pouvoir abriter de nombreux soldats.

— Ce n'est pas une forteresse, chuchota Blade.

— Bien sûr que non, répondit Sylka sur le même ton. C'était la résidence d'été du Touktou. En temps normal, pour les Tcherkysses, l'aspect sacré du lieu est une protection suffisante.

— Les Bonnets rouges sont tout de même venus s'installer ici...

Un coup de feu retentit à peu de distance.

— ... et ils sont nerveux, acheva Blade.

— Bon, maintenant que tu as vu, on repart. Si nous restons longtemps ici nous allons geler et nos cadavres viendront s'ajouter à ceux des moines.

— Non, fit Blade. Puisque je suis là, je vais aller faire un tour à l'intérieur.

La jeune fille le regarda comme si elle voyait un démon… ou un dément. Elle commençait à se demander si cette montagne ne troublait pas les esprits.

— Tu es totalement fou ! Comment veux-tu passer sans être vu par les gardes ? Et ensuite, à l'intérieur, il doit y en avoir beaucoup d'autres, comment feras-tu ?

— Sais-tu où est enfermé le Touktou ?

— Non. Mais...

— Eh bien, voilà une raison suffisante pour savoir s'il est là et où il est gardé. Cela pourra nous faire gagner beaucoup de temps par la suite. De toute façon, ma décision est prise : j'y vais. Toi, redescends jusqu'aux chevaux et repars à Burga. Laisse-moi juste ma monture.

— Pas question ! Je suis venu jusqu'ici avec toi, ce n'est pas pour repartir seule.

— Comme tu veux…

Blade n'avait aucune envie d'entamer un débat avec sa jeune compagne, ce n'était ni le lieu ni l'heure. Il décida de faire le tour du bâtiment à la recherche d'un accès plus aisé ou discret. Mais la palissade dressait un mur ininterrompu. Et surtout, la bâtisse ne semblait pas offrir de voie de pénétration aisée. La porte principale était flanquée d'un important poste de garde.

Pourtant, sur la face arrière du bâtiment, Blade repéra une structure qui allait peut-être lui permettre de se glisser dans le palais. Un mur relativement bas, perpendiculaire au bâtiment et qui devait entourer un petit jardin ou une cour.

Des lambeaux de brume flottaient autour des lieux. Le couple s'avança silencieusement jusqu'au pied de la palissade. Blade rampa le long du mur de bois. La structure était sommaire. Les troncs étaient disjoints et la terre meuble. Il se recula légèrement pour vérifier à quelle distance se trouvaient les gardes les plus proches. Puis il entreprit de déplacer deux troncs qui semblaient moins stables que les autres. Il s'efforça de les faire basculer silencieusement. Il achevait son œuvre lorsqu'il entendit le crissement étouffé de pas sur la neige. Il replaça grossièrement les deux troncs, puis attendit que l'homme parvienne à sa portée. Il renversa alors les pieux sur le garde et sauta, dague en avant.

L'homme avait émis un faible son en encaissant le choc. Avant même qu'il eut touché le sol, son sang se répandait sur la neige. Blade resta une seconde allongé sur la neige, bras écarté, le regard au ras du sol. Il releva très lentement la tête ; rien n'avait bougé. Les feux au loin continuaient de brûler. Sylka l'aida à tirer le corps en arrière. Ils l'allongèrent le long de la palissade, à l'extérieur. Puis, rapidement, ils repassèrent dans l'enceinte du temple et remirent en place les deux épieux. Sylka ramassa les quelques poignes de neige souillées par le sang du garde et les balança derrière la palissade. Prudemment, ils se coulèrent vers le mur qu'avait repéré Blade.

La neige continuait de tomber. L'obscurité et les précipitations glacées sont l'aubaine des rôdeurs. Le mur était plongé dans la pénombre. Blade fit la courte échelle à Sylka. Elle passa la tête au-dessus de la paroi. Il n'y avait rien en vue. Il l'aida à franchir l'obstacle, puis prit son élan, se hissa au sommet du mur et sauta de l'autre côté. Il s'agissait effectivement d'un petit jardin en cet instant recouvert d'un linceuil blanc. Mais on devinait, à la finesse de sa disposition qu'il abritait, à la belle saison, des espèces précieuses et des arbres délicats. La neige était vierge de toute trace de pas, les gardes ne patrouillaient donc pas dans cet espace. Ils le traversèrent en courant, franchissant un petit pont de bois. Blade songea que sous le soleil, l'endroit devait être particulièrement accueillant.

Le long du mur, ils trouvèrent rapidement un accès vers l'intérieur du bâtiment. Les couloirs étaient sombres. De petites lampes rouges brûlaient ça et là. Les très nombreux éléments d'ornementation brillaient, allumant des myriades d'étoiles. Les parois portaient de nombreuses figures grimaçantes. Personnages à têtes ou corps d'animaux, certains ayant plusieurs bras... Chaque parcelle de mur, de plafond ou de parquet était occupée par des motifs sacrés. Les occupants avaient respecté le lieu. On ne voyait aucune trace de dégradation ou de pillage. Les murs semblaient imprégnés d'encens. L'air en était littéralement saturé.

— Où peut se trouver le Touktou ? demanda Blade doucement, plus pour lui que pour sa compagne qui découvrait, comme lui, les lieux.

Sylka souleva ses épaules en écartant les bras, paumes vers le haut. Elle n'en savait rien.

« Par là » prononça alors distinctement une voix venant de nulle part. Où plutôt semblant venir du fond du crâne de Blade. Devant eux il crut, l'espace d'un instant, apercevoir deux formes diaphanes, blanches, comme deux fantômes. Blade n'appréciait guère ce type d'intrusion mentale et il grimaça silencieusement. Il ignorait encore si ce phénomène avait été réel, où s'il avait rêvé, mais le sentiment était là.

Bizarrement, son attention fut attirée, comme aimantée, par un escalier sombre qui montait vers les étages supérieurs. Partout ce n'étaient que tentures, vases, coupes et des objets que Blade identifia comme des moulins à prières...

Dans une pièce lointaine, on entendait le bruit sourd d'un gong ou d'un tambour frappé régulièrement.

Ils parvinrent sur le palier supérieur. Un long couloir bordé de colonnades partait de chaque côté. Face à eux, se dressait une porte dorée richement travaillée où brillaient de nombreuses gemmes. Une force irrésistible poussa Blade à ouvrir cette porte. Il écouta. Il n'y avait que le son régulier du tambour. Les bruits des soldats s'atténuaient à l'étage inférieur.

Un bruit de pas se fit entendre à l'une des extrémités du couloir. La lueur d'une torche se précisa. Le couple s'engagea précipitamment dans la pièce qui s'ouvrait derrière la porte.

C'était une immense bibliothèque, chichement éclairée par une poignée de minuscules lampes. Blade et Sylka demeurèrent silencieux, le corps collé à la porte. Les pas se rapprochèrent. Deux personnes marchaient. On entendait le cliquetis des armes. Les gardes passèrent et s'éloignèrent.

Blade et la jeune fille traversèrent la pièce sans s'attarder devant les milliers d'ouvrages qui tapissaient les murs. Derrière les carreaux de petites vitrines finement ouvragées, on voyait des coupes, des statuettes, divers objets rituels. Dans un angle de la pièce, trônait une grande statue polychrome représentant une divinité assise. Plusieurs bougies éteintes gisaient à ses pieds.

À l'opposé de la pièce, une nouvelle porte s'ouvrait. Le son du tambour s'était interrompu. Ils entrebâillèrent la porte. La première réaction de Blade fut de surprise : la dominante colorée de la pièce était le jaune alors que celle du reste du bâtiment était le rouge. La seconde sensation fut la perception d'une menace imminente auquel il répondit par réflexe. Il se baissa et planta son épée dans la direction d'où allait venir le coup. Il entendit un petit cri à son côté. Sa lame s'était fichée dans le corps d'un garde. De la main gauche, Blade bataillait de la dague contre un second garde embusqué de l'autre côté de la porte. Un fusil entre les mains, l'homme tentait maladroitement de s'en servir comme d'une matraque, crosse en avant. Blade détourna son arme et, ayant abandonné son épée dans le corps de son premier assaillant, il bondit sur lui et lui assena un coup de tête qui l'envoya au sol, puis il se jeta à genoux et planta le poignard dans son cœur. Dans un gargouillis infâme un flot de sang s'échappa de la bouche du soldat.

— Qui trouble la paix de ce lieu ?

Une voix ténue venait de s'exprimer à l'autre bout de la pièce. Blade vit une petite forme engoncée dans un amas de tissu blanc et safran coiffée d'une sorte de tiare liserée de jaune.

Le couple s'avança. Sylka se tenait légèrement en retrait. En elle s'affrontaient des sentiments contradictoires. Elle ressentait une certaine fierté d'être arrivée là en libératrice. Mais en même temps, elle craignait d'avoir profané un lieu sacré. Qui plus est, elle était une femme. Que pouvait-il lui arriver ? N'allait-on pas jeter la mort ou le mauvais œil sur elle ? Elle voyait son compagnon avancer résolument vers celui dont elle devinait qu'il était le but véritable de leur équipée : le Touktou immuable et sacré.

Ce dernier se tenait de dos, légèrement voûté. Devant lui, une immense statue de la divinité assise de la bibliothèque se dressait. Mais celle-là paraissait plus jeune, moins corpulente. Le regard était foudroyant et la physionomie aussi douce et accueillante que la précédente était dure.

Le vieillard tenait un tambour sacré, plutôt un tambourin, sans caisse de résonnance. Il était environné d'encensoirs. L'air était plus saturé que jamais d'effluves. C'était presque intenable. Au pied de la statue, Blade aperçut plusieurs coupes remplies d'offrandes, fleurs, nourriture, liquides non identifiables.

— Nous sommes venus vous libérer, divin Touktou, dit Blade avec douceur et respect.

L'homme resta silencieux, mais il releva sa tête jusque-là baissée.

Blade le contourna pour voir son visage. Il était très vieux et son être exprimait une immense sérénité. Mais son regard était vide. Le Touktou ne voyait pas.

— Les Bonnets rouges m'ont aveuglé, dit le vieillard comme s'il avait saisi la muette interrogation de Blade. Ils ne m'ont plus rien fait ensuite. Ils avaient trop peur que leur arrive ce qui venait de survenir à mon tortionnaire. Pourtant je bénis cet homme. En me privant de ma vue terrestre, il m'a ouvert des champs de conscience infinis auxquels je n'avais jamais eu accès. Jamais, je n'avais vu comme je vois aujourd'hui. Ce garde m'a fait gagner de précieuses vies.

— Grand Touktou, reprit Blade, nous sommes venus vous libérer. Il faut faire vite. Le jour sera bientôt là.

— Le jour et la nuit sont en permanence là pour moi. Ma nuit éternelle est une immense lumière.

— Mais vous devez partir vite !

— Non, répliqua fermement le Touktou.

— Pourquoi ? Vous ne pouvez pas rester prisonnier.

— Je ne suis pas prisonnier. Les autres, mes gardes, le sont, même s'ils n'en sont pas conscients. Et ce n'est pas à vous de me libérer... Cette jeune fille qui vous accompagne le sait.

Blade releva la tête vers Sylka. Celle-ci le regarda en écarquillant les yeux en signe d'incompréhension.

— Tu m'as caché quelque chose ?

— Mais non, répondit effrayée la jeune femme. J'ignore ce que le Touktou veut dire.

— Si, elle le sait, reprit le religieux. Elle connaît les prophéties de son peuple.

Blade regarda encore Sylka.

— Le Touktou veut sans doute parler d'une prophétie qui dit qu'un Touktou emprisonné sous un océan rouge sera libéré par un demi-dieu blanc et blond. Ses yeux jetteront des flammes. Et en libérant le Touktou, le demi-dieu se libèrera. Il aura découvert l'objet de sa quête : une pierre sacrée que les dieux avaient perdue.

— Et cet homme, c'est Rungern, comprit Blade.

— Oui, nous pensons qu'il s'agit de Talkan Rungern.

Le vieil homme se releva soudain.

— Venez, dit-il.

Il les entraîna vers une tenture. Le tissu safran était orné de signes solaires verts, identiques à ceux qui décoraient certaines des bannières de Rungern.

Le Touktou tira la toile. Derrière, il y avait un espace exceptionnellement obscur, d'une noirceur infinie. Il sembla à Blade entendre le cliquetis cristallin de minuscules cloches. Une sorte d'ectoplasme apparut alors dans la nuit. Comme une vapeur tournoyante qui enfla en prenant différentes couleurs. Puis la fumée occupa tout l'espace du cabinet.

Blade vit l'orée d'une grotte. Sans se déplacer, il lui semblait avancer, pénétrer plus profondément. Au-dessus de l'arche de pierre de l'entrée, il lut une inscription en caractères archaïques :

Ceci est l'entrée du royaume d'Agart. Ce lieu est terrible.

Puis il lui sembla encore avancer. Blade ignorait s'il voyait davantage qu'il ne ressentait. Quantité d'influx agréables lui parvenaient. Ses sens étaient assaillis par les plus doux plaisirs. Dans sa bouche naissaient des goûts qui ravissaient son palais. Des sonorités musicales en harmonie avec son âme venaient hanter ses oreilles. Son corps était parcouru de frissons subtils, comme des caresses. Ils arrivèrent dans un vaste palais, splendide, plus richement décoré que tout ce que Blade avait pu voir au cours de tous ses voyages. Au travers des ouvertures, Blade découvrait un pays paradisiaque, enchanteur.

Puis la vision repartit, traversant à la vitesse de l'éclair des tunnels lumineux envahis de nuées roses ou violettes. Des femmes chantaient.

Ils parvinrent devant une grande table où douze personnages étaient assis. La plupart des visages n'étaient pas discernables. Un seul apparaissait clairement. Il était jeune. On reconnaissait vaguement la physionomie de la statue qui trônait dans la pièce où se trouvait le Touktou.

— Bienvenue en Agart. On m'appelle le Roi du Monde. Même si ce titre est bien pompeux. J'espère, tout au moins, être un guide utile. Toi Blade, tu as une grande mission. Peut-être pourras-tu rétablir un ordre rompu. L'équilibre du monde a été perturbé, tu dois agir avant qu'il ne soit trop tard. Mais laisse s'accomplir les prophéties. Après tu comprendras…

La vision commença à s'estomper. Alors que le visage disparaissait, Blade l'entendait prononcer le mot *Gor-âl, Gor-âl, Gor-âl…* jusqu'à complet effacement.

Ils se tenaient toujours devant la tenture que le Touktou avait laissée retomber.

— Partez vite maintenant.

— Qu'était-ce, demanda Blade.

— Le royaume du Roi du Monde, répondit le vieillard. Tu en sauras davantage plus tard, peut-être. Maintenant partez. Il n'est pas sage de retarder l'accomplissement du destin et des paroles sacrées. Vous tenez l'avenir du monde entre vos mains en aidant Rungern à se libérer.

— Vous ne voulez vraiment pas partir avec nous, Grand Touktou ? demanda encore une fois Blade.

— Non, mais allez en paix. Que votre cœur vous guide toujours et en tous lieux. Écoutez-le plus que votre esprit. J'ai entendu dire que certains peuples disaient qu'un homme mauvais avait un cœur de pierre. Mais c'est une erreur? Le meilleur cœur, le plus pur, est une pierre. C'est la pierre sacrée Gor-âl qui vous animera et vous guidera. Elle doit être devant vous et en vous. Souvenez-vous-en. Et maintenant allez.

Blade et Sylka rebroussèrent chemin. Ils dissimulèrent les corps des deux gardes dans des recoins sombres. Puis ils descendirent l'escalier et se retrouvèrent dans le petit jardin. Au travers de l'averse de neige qui s'éclaircissait, ils distinguèrent les premières lueurs de l'aube. Il était plus que temps de partir. Blade pensa que l'opération avait été tout de même une réussite. Il avait pu découvrir les défenses de Bogdul, vérifier la présence du Touktou et son lieu d'emprisonnement. En outre, il le réalisait maintenant, il aurait été très difficile de le ramener à pied, à travers la forêt enneigée, compte tenu de son grand âge et de sa cécité.

En trois enjambées, ils se retrouvèrent sur le mur. Les feux des gardes rougeoyaient. Le couple se glissa de nouveau sans un bruit. Leurs pas étaient étouffés par le tapis blanc. Rapidement, ils redéplacèrent les troncs d'arbre.

— Hé, là, vous ! Qui va là ?

Une voix avait percé la semi clarté, entre chien et loup.

Blade et Sylka ne s'arrêtèrent pas. Un coup de feu claqua. Il passa loin au-dessus d'eux. Un tas de neige tomba d'un sapin. Mais le couple était déjà loin.

CHAPITRE XI

À travers la ramure des sapins, les premières lueurs du soleil montant se faufilaient. La neige crissait sourdement sous leurs pas. Ils retraversèrent le labyrinthe de conifères en sens inverse. Pas une fois, ils n'hésitèrent sur la route à suivre. Devant eux, la lisière commençait à s'éclaircir lorsqu'il leur parut entendre les échos d'une bataille. Ils n'étaient encore que diffus. Mais plus ils avançaient, plus ils se précisaient. À l'instant où ils atteignaient l'orée du labyrinthe végétal, le doute n'était plus permis.

— Burga… dit la jeune fille.

— Oui, confirma Blade. Rungern est passé à l'attaque.

Mais il était inquiet. Les bruits qui leur parvenaient maintenant, portés par le vent de la steppe, étaient davantage des bruits de terreur, des hurlements, que ceux d'un combat. Et tous deux savaient qu'il ne restait pas en ville un nombre de Bonnets rouges suffisant pour justifier une grande bataille.

Au pied de la colline, les campements étaient en émoi. Eux aussi avaient perçu la rumeur. Mais, occupés à organiser leur défense et à surveiller l'horizon, ils ne s'intéressèrent pas à ces deux ombres qui descendaient de la forteresse.

Blade et Sylka entendirent bien quelques coups de feu claquer. Mais ils ignoraient si ceux-ci leur étaient destinés. Ils retrouvèrent bientôt leurs montures.

Ils galopèrent aussi vite que le permettaient leurs chevaux et le sol gelé. Dans leurs dos, le soleil entamait son ascension derrière les monts. La neige avait cessé et un léger vent dispersait au loin les nuages gris.

Se retournant un instant tandis que sa monture galopait déjà, Blade eut une vision de la colline de Bogdul comme posée sur un écrin de brouillard et nimbé d'une aura orangée. Et au-dessus des toits de la forteresse émergeant des conifères, un nuage solitaire, immobile se maintenait. En le fixant, il lui sembla un instant distinguer le visage d'un jeune homme, au regard pénétrant et à la physionomie bienveillante. Et qui souriait.

Atteignant le sommet d'une colline, les deux cavaliers surplombaient la ville. De nombreux panaches d'incendies s'en élevaient. Des larmes coulaient sur les joues de Sylka. Quant à Blade, il serrait les poings en souhaitant que cette violence ait été justifiée. Ils furent bientôt aux portes de Burga. Des cavaliers tentaient encore de s'en échapper, pris en chasse par les hommes de Rungern montés sur leurs petits chevaux tcherkysses. Le bâtiment du Conseil des Soldats était en flammes tout comme les postes de gardes extérieurs. De nombreux cadavres jonchaient le sol. Blade remarqua qu'ils n'étaient pas tous militaires. Il croisa le regard de Sylka qui s'était fait la même remarque.

Les portes de Burga étaient largement ouvertes, les corps, cadavres mêlés de défenseurs, d'assaillants et de civils indiquaient que les affrontements, s'ils avaient été brefs, avaient été également très violents.

Dans les rues de la cité, des soldats de Rungern allaient et venaient en tous sens. La confusion la plus extrême régnait. Des cadavres de Bonnets rouges en uniforme étaient disloqués, démembrés. Blade vit certains d'entre eux traînés par une foule hurlante et mis en charpies. Par instants, des coups de feu partaient d'un bâtiment. Un civil tombait frappé à mort. La maison était alors prise d'assaut par des groupes de soldats hystériques.

— Les règlements de comptes ont commencé, dit Sylka. Les collaborateurs qui n'ont pas fui vont payer leurs trahisons.

— Et il y aura sans doute de nombreuses victimes innocentes comme toujours dans ce cas… murmura Blade.

Ils s'avancèrent au cœur de l'enfer. Beaucoup de maisons brûlaient. Aux scènes de carnage succédaient les scènes de mise à sac. Des maisons sortaient des hurlements d'horreur ou de terreur.

— Mais où sont tes amis résistants ? demanda Blade.

— Je ne sais pas… répondit Sylka.

Des soldats ivres de violence erraient. Leurs armes frappaient aveuglément. Certaines ruelles charriaient maintenant des flots de sang. Où donc se trouvait Rungern ? Plusieurs fois, Blade avisa des soldats pour les interroger. Personne ne savait. Et quand ils prétendaient savoir, l'information était encore plus vaine.

Le couple tomba sur une scène de viol. Trois soldats koubans était en train de faire subir les derniers outrages à une jeune femme. Elle était allongée sur le ventre sur le cadavre couché d'un cheval. Deux hommes la retenaient tandis que le troisième, qui avait retroussé son vêtement, tentait de s'introduire dans son intimité. Elle hurlait de douleur ou de rage.

Blade ne put se contenir. Il sauta de sa monture et, saisissant par le col le soldat au pantalon d'uniforme baissé, il l'expédia d'un crochet heurter le mur voisin. Ses deux complices lâchèrent la fille et tirèrent leur épée. Blade para le premier coup, passa entre les deux soldats et, sans abandonner son arme, entrechoqua violemment leurs têtes entre ses mains. Son premier adversaire, qui avait remonté son pantalon, avait profité de cet échange pour revenir dans le combat.

Menaçant, il avançait, épée en avant. Corps légérement fléchi il fixait Blade d'un regard empli de haine. Il se déplaçait lentement, tournant autour de Blade, cherchant la faille, la fêlure qui lui permettrait de l'embrocher. Soudain il lança son attaque avec la rapidité d'un serpent à sonnette. Feinte et coup d'estoc. Blade n'avait pas été dupe de sa manœuvre, mais la violence et la vitesse de l'assaut l'avaient surpris.

L'homme était un excellent bretteur, doté par ailleurs d'une force exceptionnelle.

— Armyn a raison, tu n'es qu'un sale traître, dit-il.

— Non, répondit Blade tout en parant les coups… Mais j'ai

horreur de ceux qui abusent ainsi de leurs forces et maltraitent des innocents.

Un galop se fit entendre.

— Arrêtez immédiatement !

Blade reconnut immédiatement la voix qui s'était élévée derrière eux.

— Qu'est-ce qui se passe ici ? demanda Rungern.

Il était entouré de quatre de ses officiers.

— Ce traître nous a attaqué, répondit le soudard.

— Ta version Blade ? ordonna l'atman.

— Ces trois hommes étaient en train de violer cette jeune fille. Je me suis porté à son aide, répondit celui-ci.

— Et qu'avait-il fait de mal ces trois héroïques soldats pour que tu les agresses ainsi ?

Blade crut avoir mal entendu. L'atman paraissait animé d'une véritable transe.

— Mais enfin, ils la violaient ! N'est-ce pas une raison suffisante ?

— Non, répondit fermement Rungern. C'est un honneur pour cette fille que d'être honorée par mes soldats. Ils l'ont libérée du joug des Bonnets rouges, ils la font femme. Que peut-elle demander de mieux ?

Blade était pétrifié de stupeur.

— J'ai du mal à croire ce que mes oreilles entendent, atman. Il y a peu de jours, vous punissiez certains de vos soldats pour avoir agressé ainsi une villageoise. Aujourd'hui vous approuvez, voire vous les incitez, aux pires horreurs. Je ne comprends pas.

— Hier était hier, répondit Rungern d'une voix qui dérapait.

Ses yeux semblaient jeter des éclairs.

— Les villageois ne nous avaient rien fait, continua-t-il. Ils ne nous devaient rien et nous ne leur devions rien. Ceux-là nous doivent beaucoup. Ils ne possèdent pas grand-chose. Il est normal que mes hommes se payent sur ce qu'ils peuvent. Une petite partie de troussage n'a jamais tué personne.

Sur ces entrefaites, Armyn était arrivé à la tête d'autres

soldats.

Les trois violeurs étaient maintenant de nouveau sur pied.

— Je vous ordonne de reprendre votre ouvrage, dit Rungern.

La jeune fille effrayée se serra contre Sylka. Les trois soldats, hilares, fixèrent les deux femmes avec des yeux brillants. Blade voulut bouger. Plusieurs lances l'en empêchèrent. Le trio repoussa Sylka violemment. Celle-ci voulut défendre l'infortunée.

— Veux-tu subir son sort ? demanda Rungern.

Blade serrait les poings. Ils arrachèrent tous ses vêtements à la malheureuse qui hurlait. Les cavaliers de Rungern formaient un cercle. Ils riaient. La jeune fille battait l'air de ses jambes. Un homme était en elle. Elle haletait. Ses cris étaient cassés par le poids du corps de son agresseur qui lui coupait le souffle.

— Je pense n'avoir plus rien à faire ici. Je croyais aider un libérateur et ce n'est qu'un vulgaire soudard.

Rungern éclata de rire.

— Épargne-moi tes pudeurs de vierge effarouchée, Blade. C'est toi qui vas m'écouter, maintenant. Tu vas rester calme et m'aider à prendre Bogdul. Ou je te fais exécuter.

Sa voix était devenue froide comme de la glace et le regard qu'il posait sur Blade était tranchant comme un poignard.

Blade se souvint de ce que lui avaient dit le Touktou et la vision du Roi du Monde. Il devait aider Rungern pour préserver l'Ordre qui sous-tendait toutes choses. Pour autant, il se refusait à l'indifférence face à de tels comportements.

— Où est Ilni ? demanda-t-il.

— Je suis là, répondit une voix à l'entrée de la ruelle.

La jeune femme arrivait, juchée sur son chariot. Tosk se tenait à ses côtés. La carriole était escortée par plusieurs résistants qui avaient participés aux attaques des enclos des corks. Gen se trouvait à leur tête.

— Tu dois faire arrêter ces massacres, intervint Blade. Sans ces hommes qui t'entourent et qui sont les frères de ceux qui subissent viols et pillages, jamais l'armée de Rungern n'aurait pu entrer dans la ville.

— Il dit vrai, psalmodia la prophétesse en direction de Rungern. Menés, conseillés et organisés par Blade, ils t'ont permis de rentrer sans avoir à affronter les monstres dont tu as pu voir les cadavres dans ces immenses cages situées aux quatre entrées de la cité. Ils ont désorganisé les défenses des Bonnets rouges et les ont fait partir. Tu le vois, tu leur es en partie redevable de ta victoire. Et tu sais que tu devais impérativement prendre la ville, avant de te rendre à Bogdul. Le temple, siège de la puissance des Bonnets rouges en ce monde, a été détruit, ses moines exécutés et son puissant et maléfique moulin à prières mis en pièces. Et les Bonnets jaunes survivants sont sortis de la clandestinité. Tu as accompli cette part de ton destin grâce à Blade. Il te faut maintenant te rendre à Bogdul, tu dois délivrer le Touktou et rencontrer ton avenir. N'oublie pas la pierre dénommée Gor-âl. Ton futur dépend d'elle.

« Je sais que Blade possède des informations sur la forteresse. Il en revient. Prends garde, Rungern, de ne pouvoir libérer le Touktou si Blade refuse de te parler !

— Dit-elle vrai, Blade ? demanda Rungern.

— Au fond de toi, tu connais la réponse à cette question. Alors pourquoi la poser ?

— C'est bon. (Il soupira et se tourna vers Armyn :) J'ordonne la cessation des pillages et des massacres. Et toi, Blade, tu vas me raconter ce que tu sais. En revanche, la chasse aux Bonnets rouges reste ouverte.

Même si la déception se lisait sur la plupart des visages, l'ordre de Rungern serait suivi. Blade en était certain.

Tosk s'était précipité vers Blade, entourant sa taille de ses bras. L'adolescent avait rempli consciencieusement la mission que lui avait confié Blade. Il avait veillé sur Ilni, en clair, il ne l'avait pas lâchée d'une semelle, couchant entre les roues de son chariot, surveillant ses déplacements.

Et à vrai dire il n'était pas mécontent du retour de Blade, car cette surveillance n'était guère une tâche de guerrier !

Visiblement le courant était passé entre Tosk et Gen, et il

annonça à ce drôle d'étranger qu'était ce Blade venu d'Angleterre, qu'il avait l'intention de s'installer à Burga.

— Il y a tant à faire, surtout maintenant ! Les maisons vides ne manquent pas. Et il y a toujours du travail pour un débrouillard comme moi !

Blade le félicita gravement de cette décision. Il avait du mal à imaginer la survie de Tosk dans la troupe de Rungern. Tôt ou tard il subirait la colère d'un soudard, ou se ferait tuer à l'occasion d'une opération. C'était mieux ainsi.

Gen révéla que lui et ses hommes avaient mené une chasse sauvage aux Bonnets rouges et à leurs collaborateurs et qu'ils ne devaient pas en rester beaucoup. Par ailleurs, il sollicitait l'honneur, pour lui et ceux de ses camarades qui le désiraient, de se joindre aux troupes de l'atman pour la prise de Bogdul et la libération du Touktou. Rungern hésitait. Mais Blade le convainquit d'accepter.

Toujours installée aux rênes de son chariot, la prophétesse avait jeté quelques regards sans chaleur à la jeune résistante. Les deux femmes s'étaient dévisagées. Instinctivement, chacune avait reconnu en l'autre une rivale dans la conquête de Blade. Mais Ilni eut tôt fait de chasser ces pensées perturbatrices de son esprit. Elle n'avait pas le droit de se laisser affaiblir par des sentiments trop humains.

Sylka, pour sa part, ne pouvait s'empêcher d'admirer la rayonnante beauté de la femme, tout en percevant sa richesse intérieure.

Après l'affrontement instinctif, animal, l'intelligence avait remporté la bataille. Elles se sourirent.

Quant à Blade, il chevauchait maintenant aux côtés de Rungern en lui contant les événements de la nuit. Il évoqua les défenses de la forteresse, le labyrinthe sylvestre, l'accès à la forteresse elle-même, les appartements du Touktou... Il raconta sa rencontre avec le vieillard. Mais son instinct lui fit omettre de parler de sa vision du Roi du Monde.

— Et la pierre ? As-tu vu la pierre ? demanda l'atman.

— Non. Je n'ai pas vu de pierre particulière.

Rungern eut l'air préoccupé. Sa jument prit quelques longueurs d'avance sur le groupe des cavaliers qui le suivaient.

Des émissaires de l'atman parcouraient la ville pour répercuter son ordre d'arrêter pillages, viols et tueries. Les cris de terreur se transformèrent en cris de liesse. Les habitants qui, quelques minutes plus tôt, s'affairaient à dissimuler leurs maigres biens et victuailles s'empressèrent de les ressortir et de les offrir aux vainqueurs.

« Les pulsions des hommes sont paradoxales », songea Blade.

Blade vit alors venir vers lui deux hommes en robe blanche. Ils semblaient irradier de la lumière. Leur visage était presque transparent, tant ils étaient pâles. Ils souriaient doucement et s'inclinèrent devant Blade.

— Au nom de Jean, merci ! dit l'un d'eux.

Les deux apparitions disparurent aussitôt sans laisser à Blade le temps de réagir. Pourtant il était persuadé d'avoir déjà vu ces deux moines. Soudain il se souvint : ces silhouettes lui étaient fugitivement apparus dans Bogdul quand une voix intérieure lui avaient indiqué le chemin pour trouver le Touktou.

Blade regarda autour de lui. Il s'apprêtait à questionner ses voisins. Mais personne ne semblait avoir remarqué les deux religieux diaphanes.

CHAPITRE XII

La frénésie meurtrière s'était dissipée. Les scènes de carnage et de dépravation avaient cédé la place à des démonstrations de joie et de plaisir. Quelques instants plus tôt, les habitantes de Burga hurlaient sous les assauts des violeurs, leurs maris se faisaient tuer en défendant leur vertu ou en protégeant leurs biens... Maintenant, ces mêmes femmes se donnaient sauvagement, les hommes sortaient leurs meilleurs vins, les mets les plus choisis. Ils offraient leurs épouses, leurs filles, aux vainqueurs du jour. Histoire de se concilier leurs bonnes grâces, au cas où... Et tant pis si, dans la folie de l'instant et les brûmes de l'alcool, une gorge, un cou, se retrouvaient transpercés. Les *Devis*, de petites divinités locales, sauraient guider l'âme des justes vers de plus doux séjours.

Et tout cela, parce que Rungern avait donné l'ordre d'arrêter la folie.

Sylka, qui avait rejoint Blade, éperonna sa monture et l'entraîna au galop à travers les rues encombrées. Après quelques centaines de mètres de course, ils atteignirent l'un des escaliers menant vers la ville haute. Ils accrochèrent les rênes de leurs montures à un anneau, puis Sylka saisit la main de Blade. Ils montèrent les marches en courant. Parvenus au sommet, ils poursuivirent leur course dans les ruelles plus calmes que celles de la ville basse.

Blade, tenant toujours la main de la jeune fille, la retint. Ils se retournèrent vers Burga. Des chants et des rires montaient d'en bas. Le Conseil des Soldats continuaient de brûler, dans l'indifférence générale. Le temple des Bonnets rouges était aussi en flammes. Les flammes de la purification. Après les destructions, il faudrait rebâtir un nouveau temple et ressouder une communauté déchirée. Mais Blade avait confiance. La radieuse sérénité des Bonnets jaunes qu'il avait rencontré lors de son premier séjour à Burga et celle de leur inspirateur, le Touktou, s'imposerait. Les Bonnets rouges, privés du cœur mystique et politique de leur système allaient se disperser, se disputer l'héritage militaire de leur conquête et ils seraient vaincus ou assimilés par ceux-là même qu'ils avaient envahis. Ainsi périssent les empires ! Dans toutes les dimensions !

La jeune fille regarda Blade, puis reprit sa marche. Non loin de là, elle s'engagea sous un porche sombre. Un escalier s'ouvrait devant eux qu'ils dévalèrent en quelques enjambées pour se retrouver dans une galerie. Une faible clarté émanait d'un soupirail.

Sylka s'arrêta devant une petite estrade.

Elle s'assit, écarta les pans de sa robe sous laquelle elle ne portait rien. Blade plongea son regard vers la toison qu'il devinait dans la pénombre, à la croisée des cuisses blanches.

— Prends-moi, dit-elle en ouvrant davantage le compas de ses jambes et en tendant les bras vers son amant.

— Pourquoi m'as-tu entraîné jusqu'ici ? demanda-t-il. Nous aurions pu trouver un havre tout aussi discret — et plus confortable — n'importe où !

Elle l'attira vers elle et commença à l'embrasser dans le cou et à le mordiller doucement.

— C'est dans ce lieu que j'ai fait l'amour la première fois. Et j'ai eu envie de me souvenir de toi ici. C'est tout. Car je sais que tu vas partir. C'est ton destin.

En disant cela, elle dégagea le membre tendu de Blade. Elle approcha son corps et s'empala brutalement en laissant échapper un léger cri.

Au dehors, Rungern parcourait la ville, juché sur sa jument bai.

— Blade, Blade ! Fils de cateye puant, où es-tu passé ?

L'atman devait distribuer force coups de cravache pour faire s'écarter la population et la soldatesque avinées et déchaînées. Il finit par laisser sa monture pousser ses sabots vers la ville haute.

Dans leur cellier, Blade l'entendit passer et appeler. Mais Sylka posa ses mains sur les oreilles de son amant en l'embrassant fougueusement. Les pointes de ses petits seins rythmaient les spasmes de son plaisir en venant caresser le poitrail du guerrier.

Rungern s'éloigna. Son cri se perdit au loin, bientôt couvert par les feulements de plaisir de la jeune fille.

Rungern était revenu vers la place principale de Burga, surplombée par la masse en feu du Conseil des Soldats et du temple. Des cadavres de soldats, de moines et de civils jonchaient le sol. Les flammes de l'incendie allumaient des lueurs démentes dans les regards des vainqueurs. Le chariot d'Ilni était là. Des objets aux fonctions secrètes et des bouquets de plantes séchées étaient suspendus à l'avant.

— Ilni ! hurla Rungern en cabrant sa jument devant le chariot.

Il n'obtint pas de réponse. D'un bond, il sauta sur la plate-forme et souleva la toile qui dissimulait l'intérieur.

La femme était là, enveloppée des vapeurs émanant d'un petit encensoir à huile odorante. Elle était perdue dans sa transe, jetant ses kirunes sur une toile blanche tout en entonnant doucement l'un de ses chants magiques. Elle se balançait d'avant en arrière, de droite à gauche, tout en agitant sa tête en cadence. Sa longue chevelure châtain recouvrait son visage.

Elle était en proie à une vive agitation intérieure. Rungern la fixa un instant. Silencieusement. Ilni avait tendance à l'irriter, tant il avait parfois l'impression d'être un jouet entre ses mains. Et, être manipulé, par qui que ce soit — a fortiori par une femme —, il ne le supportait pas. Mais en même temps, il ne pouvait s'empêcher de l'admirer, d'être sous le charme de ses formes, de son mystère, de son savoir.

Il savait qu'il ne pourrait jamais posséder cette femme. Et pourtant il la détaillait, admirait la pureté de son corps, de ses hanches, de ses seins qu'il voyait tendre la fine robe blanche, presque transparente. Il l'observait à en souffrir de désir.

Il laissa retomber le pan de toile qui protégeait l'entrée, et vint s'asseoir silencieusement devant la prophétesse. Il se demanda quelles herbes, Ilni avait placé dans l'encensoir. Elles semblaient euphorisantes. Sa tête tournait légèrement.

Rungern respectait le sacré, tout ce qui lui semblait magique. Il avait toujours accordé une grande place aux rêves et à leur interprétation. Seulement, lui ne rêvait plus depuis longtemps. Depuis ce jour funeste qui avait vu la mort tragique de sa femme et de ses trois jeunes garçons, assassinés par les Bonnets rouges.

Peu après, Ilni était apparue à ses côtés. Elle rêvait pour lui. Il avait besoin d'elle. Pourtant, en cet instant, il ignorait quelle force animait le rythme frénétique de la jeune femme. Elle avait jeté ses kirunes et visualisé son amant. Elle savait qu'il était en ce moment dans les bras de Sylka. Sa première réaction de jalousie passée, elle avait choisi une voie plus intelligente. Par ses incantations, elle s'était fondue dans l'être de la jeune fille. Et maintenant, elle aussi subissait les coups de boutoir de l'amant déchaîné. Elle ressentait ses assauts furieux dans les moindres recoins de son corps. Plus encore que dans un rapport véritablement charnel. Livrée à la puissance de son esprit, elle absorbait les sensations de plaisirs par tous les pores de son corps. Son être était sujet à de violents spasmes.

Rungern l'observait, la voyant se tordre, passer sa main en des demeures intimes. Transpirant à grosses gouttes, il dut dégager son col de son foulard blanc. Il souffla. Cette vapeur était décidement bien suffocante, pensa-t-il. Les courbes de la femme avaient de quoi étourdir. Mais il savait devoir, et pouvoir, garder le contrôle ultime de son être. Il savait. Il devait. Il y parviendrait. Et il y parviendrait, même si pour cela il devait lutter contre ses envies, contre sa nature.

La jeune femme interrompit subitement son chant. Elle se redressa. Elle était désormais bien droite, assise en tailleur.

— Es-tu content de ta victoire ? demanda-t-elle, comme si de rien n'était.

— Tu sais très bien que je n'ai pratiquement pas eu à combattre. Ce n'est pas une vraie victoire. Blade a fait plus que toute mon armée. Il a affaibli mes adversaires, il a brisé leur âme. Il ne m'a laissé que leur corps, et encore… Il m'a volé ma victoire.

— Tu as encore beaucoup à comprendre. Mais tu es sur la bonne voie.

— Trêve de bavardages. Je vais attaquer immédiatement la forteresse de Bogdul pour libérer le Touktou. J'ai besoin de me battre et d'accomplir mon destin.

— Tes hommes sont ivres.

— Le combat va les ranimer.

— Les signes ne sont pas propices.

— Lance tes kirunes.

Ilni jeta ses baguettes sur la toile blanche. Les bouts de bois gravés formèrent des figures.

— La kirune de la victoire s'est placée en opposition à celle du soleil. Il y a la mort, beaucoup de morts. Je sens le froid, la glace… Ton destin n'est pas là. Pas maintenant.

Rungern ne l'écouta pas, se releva vivement et sortit. Il réajusta sa casquette plate et sauta sur la croupe de sa jument.

D'un coup de talons, il lança sa monture et, poussant un cri guttural où passait toute la sauvagerie qui s'étouffait en lui, il s'empara d'un étendard. Il était frappé d'un R. Le R de Rungern.

Au même instant, Blade, qui avait réussit à échapper à l'étreinte de sa jeune amante, débouchait à son tour sur la place. Quelque chose, avait insensiblement attiré son esprit vers la prophétesse, pendant tout le temps qu'avait duré son étreinte amoureuse. Ses pas le portaient résolument vers elle, maintenant.

Il évita de justesse la monture de l'atman exalté qui ne sembla pas le voir.

Ilni était debout à l'avant de son chariot. Blade la vit. Devait-il la rejoindre ou s'élancer à la poursuite de Rungern ? À distance, la jeune femme bougea les lèvres. Blade ne pouvait pas entendre ce qu'elle lui disait. Mais il comprit qu'elle avait prononcé un mot : "Va !"

Il s'élança vers une monture, bondit en selle et se jeta à la suite de Rungern. L'atman, bannière au poing, renversa plusieurs hommes qui se dressaient sur le passage de sa chevauchée éperdue, franchit comme en un rêve de vol les amoncellements d'objets et de meubles qui lui barraient la route. Blade le suivait avec difficulté. Le cheval qu'il avait emprunté ne valait pas la splendide jument bai du conquérant de Burga. Bientôt ils furent dans la plaine. Rungern s'élança sur la route de Bogdul.

Cette voie était beaucoup plus directe que celle qu'avaient suivis Blade et Sylka et ils furent rapidement en vue de Bogdul. Avec l'altitude, la neige avait remplacé la poussière. Un froid plus intense régnait. En plein jour, la colline avait une apparence différente. Mais elle restait chargée d'étrangeté, enveloppée dans une légère brume, tel un vaisseau fantôme surgissant du brouillard. Et au sommet, la cabine amirale conduisait la manœuvre. L'image s'était imposée à l'esprit de Blade.

Face à la colline boisée, l'atman s'était arrêté. Blade allait le rejoindre, lorsqu'il le vit talonner son cheval et charger. Étendard pointé vers l'avant.

« Il est dément, il ne va tout de même pas charger les troupes ennemies, tout seul ! » se dit Blade. Mais parvenu sur un promontoire d'où il pouvait voir la base de la colline sacrée, il constata que ses alentours avaient été désertés. Il n'y avait plus un campement ennemi. Blade poussa de nouveau sa monture exténuée par la course rapide. Une écume blanche recouvrait le dos de la bête. Là-bas, Rungern arrivait au bas de la montagne et s'engouffrait sur l'étroit chemin qui donnait accès au sommet. Le pas de la jument de l'atman était régulier et sûr à présent malgré la neige.

Quelque secondes après elle, le destrier de Blade s'engageait dans ses traces. La disparition de tous les défenseurs était étonnante. Quel piège cela pouvait-il dissimuler ?

Même en plein jour, la forêt était habitée par une magie particulière. Les rameaux gelés paraissaient de cristal. On n'en voyait plus le cœur vert, seulement des guirlandes de verre. Parfois de superbes oiseaux prenaient leur envol dans une gerbe de neige. Devant lui, Rungern avait accéléré le pas et lancé sa monture au galop, sur sa jument il ressemblait lui aussi à un grand prédateur splendide ; sa cape, volant au vent de sa course folle, formait de grandes ailes.

Ils passèrent à côté des cadavres d'ours, puis des corps empalés des moines. À la lumière du soleil, ce spectacle macabre était encore plus sinistre. Rungern ne coupa pas, comme Blade et Sylka l'avaient fait au cours de la nuit précédente. Il alla jusqu'au bout du chemin et ne s'arrêta que face à l'entrée principale de la forteresse. Elle était surmontée d'un auvent pointu. De grands oriflammes jaune et safran claquaient dans le vent. De face, la forteresse de Bogdul avait encore davantage l'apparence d'un grand vaisseau.

Mais les soldats ennemis n'avaient pas déserté le lieu. Il semblait même à Blade qu'ils étaient plus nombreux qu'au cours de la nuit. Certaines des troupes, qui avaient campé au pied de la colline, avaient été déplacées et défendaient maintenant les abords du temple. La poterne principale était flanquée de plusieurs postes de garde en alerte. Les soldats armèrent leurs armes. L'acier des fusils brilla dans le soleil.

La jument piétina sur place, durement tenue par son maître. Finalement elle se cabra et, alors que les sabots de ses antérieurs frappaient dans le vide, Rungern brandit son étendard. Comme possédé, il hurla : « Hiaa ! »

En cet instant, il était un démon invincible. Et les défenseurs qui n'osaient toujours pas tirer ne s'y trompaient pas. Blade était resté légèrement en retrait. D'où il se trouvait, il pouvait voir l'atman. Halluciné, il défiait les hommes qui étaient face à lui. Et, derrière la palissade, les gardes étaient figés.

— Craignez ma colère ! clama Rungern. La colère de Shokyam-Houni va vous foudroyer. Nul ne peut résister à l'arrêt du destin. Je viens récupérer mon bien !

Il trottait maintenant, parcourant de long en large l'espace qui le séparait des soldats médusés.

— Gor-âl, m'entends-tu ? Je suis là. Gor-âl !

Il cabra de nouveau sa monture et, tenant l'étendard au bout de son bras droit tendu au dessus de sa tête, il hurla :

— Vous n'avez pas d'âme, vous n'avez pas de courage, car vous n'avez pas de foi. Je vais venir prendre vos cœurs !

Rungern entama soudain un tour de la forteresse, au galop. Soudain, on entendit un coup de feu. Immédiatement suivi de beaucoup d'autres. La salve semblait se déplacer, comme un roulement terrible. Blade se dit que tant que l'on pouvait suivre le bruit des fusils, Rungern était en vie. Le bruit était maintenant exactement à l'opposé de l'entrée. Puis il sembla revenir comme le tonnerre. L'étendard réapparut, il n'était plus qu'un lambeau de tissu percé de toutes parts. Rungern fut bientôt visible. Il semblait indemne. Il se replaça face à la porte d'entrée. Les balles sifflaient. Mais Rungern paraissait protégé par un invisible bouclier protecteur. Blade constata que sa cape elle-même avait été, elle aussi, transpercée par de nombreux coups. L'atman, la tête rejetée en arrière, riait à gorge déployée, un rire sauvage qui cascadait, se déployait dans l'air glacé, rebondissait d'arbre en arbre. Des blocs de neiges churent en silence. Les tirs s'étaient arrêtés.

— Je suis votre Mort, rugit Rungern. Regardez-moi !

Le silence était revenu, les soldats affectés à la garde du temple-forteresse de Bogdul semblaient abasourdis. Comment Rungern avait-il pu survivre au déluge de feu qui s'était abattu sur lui ?

Il y avait de la magie là-dessous, et des mouvements de

panique commencèrent à se manifester parmi les Bonnets rouges. Des hommes avaient commencé à se débander, mais des officiers étaient rapidement intervenus, quelques têtes avaient volé et le calme était revenu. Pourtant la tension était palpable.

La force qui avait habité Rungern semblait l'avoir quitté. L'atman fit encore aller et venir sa monture devant les troupes ennemies, puis, avant de disparaître de nouveau dans la forêt, il cabra sa monture et hurla une dernière imprécation vers les gardes avant de tourner bride vers Burga :

— Je reviendrai. Je vais libérer le Touktou et récupérer la pierre. Je suis immortel. Ah ! Ah ! Ah !

Blade lui emboîta le pas, ébranlé par l'incroyable spectacle auquel il avait assisté.

CHAPITRE XIII

La plaine s'étendait, orangée, enveloppée par endroits dans des écharpes de brume qui semblaient s'élever du sol. Il faisait froid.

Lentement, l'armée de Rungern était venue s'aligner face au soleil qui s'apprêtait à poindre. Des harmonies du violacé au jaune safrané illuminaient le ciel, surplombant l'horizon montagneux.

Sur une première ligne, la trentaine d'officiers de l'unité se tenait sabre au clair. Immobiles.

Derrière, les deux cents cavaliers de la garde de Rungern attendaient, aussi rigides que leurs chefs. Les tenues grises et bleues étaient impeccables malgré cet environnement hostile. Après la griserie de la victoire de la veille, les soldats avaient occupé leur temps de récupération à briquer ceintures, bottes, baudriers... Ils avaient fière allure, tous leurs cuirs étincelants, leurs chapkas bien enfoncés sur le crâne.

Les étendards claquaient dans le vent. Le R de Rungern se détachait nettement. Rouge sur fond vert, un signe solaire jaune en arrière-plan.

Ensuite venaient sur plusieurs lignes, les escadrons mobiles de guerriers tcherkysses, montés sur leurs petits chevaux rapides. La plupart étaient armés d'arcs. Quelques-uns tenaient de courtes lances. D'autres des sabres. Leurs toques de fourrures descendaient sur leurs yeux. Ils n'avaient pas la même discipline que les Koubans, mais étaient animés par la même détermination. Si ce n'est plus encore : ils s'apprêtaient à libérer un de leurs dieux vivants.

Devant ses troupes, Rungern caracolait. Sa jument piaffait d'impatience. L'atman se tenait toujours aussi droit, ses rênes dans la main gauche, la droite serrant sa cravache.

Il se tourna vers l'Orient flamboyant. Sa chevelure blonde paraissait enflammée. En cet instant, il était réellement un dieu de la Guerre. À quelques mètres, en avant des lignes, Ilni se préparait à officier.

Elle avait disposé devant elle un petit trépied dans lequel elle faisait brûler quelque produit dont elle avait le secret. Autour du cou, elle portait plusieurs colliers. Blade n'avait pu identifier tous les objets qui y pendaient. Il avait reconnu des morceaux d'ambre, des dents, des os... Elle était coiffée d'une tête d'ours dont la fourrure pendait dans son dos et tenait un bâton couvert de kirunes.

Ilni regarda l'horizon. Elle s'assit en tailleur devant une toile blanche. Méthodiquement, elle entailla trois baguettes sur lesquelles d'autres signes furent gravés. On pouvait à peine distinguer le chant qu'elle psalmodiait. Elle se releva. Puis, à l'instant précis où le soleil commençait à s'élever, levant les bras en forme de Y face à l'astre, elle commença son rituel. Plusieurs fois, elle fit le tour du trépied, jeta de nouvelles poudres dans la coupelle fumante. Elle souffla dans un fémur humain creux qui produisit un son long et profond.

Les baguettes gravées furent jetées dans le feu. Lentement, la fumée commença à s'épaissir. Quelques minutes plus tard, un véritable brouillard s'étendait sur la plaine. Dense, matériel.

Ilni poursuivit ses invocations, levant les bras, son bâton kirunique dans la main droite. Alors, miraculeusement, la brume se mit en mouvement, avançant à bonne vitesse en direction de Bogdul.

— Le dragon est réveillé, cria la prophétesse.

Rungern leva sa cravache.

— En avant ! Que les Puissances nous donnent la Victoire !

L'armée s'élança, au trot. Elle poursuivit un temps le nuage courant. Puis elle s'y engagea résolument. La sensation était curieuse. Le brouillard n'était pas humide comme une brume, il n'avait pas d'odeur comme une fumée. Mais il était très épais. On distinguait à peine son voisin, à moins d'un mètre. L'océan cotonneux résonnait de milliers de cliquetis comme si l'armée de Rungern, en y pénétrant, s'était magiquement multipliée.

Au sommet, derrière la palissade de bois, les Bonnets rouges, perdus eux aussi dans la brume se demandaient quelles légions de diables étaient sur le point de surgir. Ils entendaient avancer la rumeur, mais n'osaient pas quitter leurs postes, ne voyant pas à un pas. Le brouillard était agité de mouvements mystérieux, parcouru de formes sombres et indéfinissables. Amis ? Ennemis ? Humains ou démons ?

En face, les petits cavaliers Tcherkysses avançaient, leurs flèches entre leurs dents. Leur visage étaient crispés en un étrange rictus sauvage, les yeux noirs plissés disparaissaient derrière les paupières. Les pointes des flèches avaient été empoisonnées. Dans quelques instants, ils banderaient leurs arcs. Dans la main droite, une flèche attendait déjà. Ils multipliaient les petits cris de ralliement qui dans cette ambiance prenaient des allures fantomatiques.

Rungern lança un long hululement qui donnait le signal de l'attaque. Les premiers traits sifflèrent en aveugle. Puis une seconde volée s'abattit. De nombreux Bonnets rouges tombèrent. Les premiers chevaux des Koubans passèrent l'obstacle de la palissade, les cavaliers sabrant des défenseurs tétanisés. Les Tcherkysses franchirent à leur tour le mur en hurlant.

La brume commençait à se dissiper. Les défenseurs étaient nombreux. L'attaque avait été menée à un contre cinq ou six. Mais beaucoup de cadavres de Bonnets rouges jonchaient déjà le sol gelé. Les Koubans faisaient usage de leurs armes à feu avec talent, utilisant la rapidité et la souplesse de leurs montures ils semblaient voler au-dessus du champ de bataille et se multiplier comme par magie.

De leur côté les Tcherkysses ne chômaient pas, et une fois épuisée leurs provisions de flèches ils avaient entrepris leurs ennemis au sabre et à la lance. Débordés, submergés, ces derniers ne pouvaient recharger leurs armes et, petit à petit, les coups de feu se raréfièrent tandis que se multipliaient les échos des combats à l'arme blanche, ponctués de cris, de hurlements de douleur ou d'agonie.

De nombreux Bonnets rouges, démoralisés, s'enfuirent vers la forêt où ils s'embrochèrent sur les résistants menés par Gen qui y avaient été laissés en appui.

Une fois les points d'appui des Bonnets rouges bousculés à l'extérieur, restait à pénétrer dans le temple-forteresse du Touktou. Rungern et quelques-uns de ses Koubans s'approchèrent de la lourde porte ouvragée demeurée close. Plusieurs cavaliers furent désignés pour aller abattre un pin. Ils revinrent bientôt porteurs du bélier. Pendant ce temps, les rangs de leurs adversaires installés hors des murs s'étaient encore clairsemés. Les troupes de l'atman avaient remporté une éclatante victoire, les corps de leurs ennemis s'étendaient comme un sanglant tapis tout autour du temple.

La porte fut rapidement enfoncée.

Une salve, un véritable barrage de fer et de feu, faucha les premiers attaquants au moment où ils pénétraient dans le palais. L'intérieur était encore sévèrement gardé. Une seconde tentative se révéla aussi meurtrière. Les Koubans et leur chef charismatique étaient cloués au sol par le feu roulant ennemi. Par signe Blade qui, après avoir participé à l'assaut contre les troupes embusquées à l'extérieur, avait rejoint Rungern, lui fit comprendre qu'il allait tenter de pénétrer dans le hall. Par l'ouverture, en effet, il avait avisé un immense lustre métallique hérissé de chandelles situé juste à l'aplomb des Bonnets rouges.

Profitant d'une courte accalmie, Blade parvint à se glisser dans l'entrée du temple en se dissimulant derrière les cadavres des Koubans tués lors des deux premiers assauts. Un Kouban, qui s'était imprudemment dévoilé, tomba à ses côtés, frappé en plein front.

Après avoir franchi, en rampant, ce qui restait des portes Blade se coula le long du mur du hall. L'atmosphère était presque irrespirable, l'odeur de cordite prenait à la gorge et la fumée des armes brûlait les yeux.

Parvenu entre deux colonnes finement ouvragées, Blade entreprit d'escalader la paroi s'aidant des nombreuses frises et hauts reliefs. À six mètres du sol, il atteignit une corniche sur laquelle il se coula, prenant garde de ne pas être aperçu par les Bonnets rouges postés au-dessous de lui. Puis il rejoignit enfin le but de son ascension : la corde qui permettait de baisser et lever le lustre.

Dehors, Rungern et les siens s'étaient massés hors du champ de vision des Rouges. Ils savaient qu'à l'instant où le luminaire vacillerait, il faudrait s'élancer. À la grâce des dieux.

Enfin Blade parvint à portée de la corde qu'il trancha net d'un coup de sabre. Le bruit attira les regards vers lui, mais il était trop tard, le lustre monumental oscilla un court instant et s'écroula sur les occupants. Les Koubans poussèrent un « Hourrah ! » triomphal et se ruèrent sur les premières lignes de défenses, déjà mises à mal par la chute de l'énorme suspension. Les suivantes furent renversées par la charge. Blade avait sauté dans le hall et son sabre avait commencé sa récolte de têtes.

Pourtant l'avance des troupes de Rungern n'était pas aisée. Sans arrêt, elle était interrompue par de nouveau noyaux de résistance. Le palais était un véritable labyrinthe, ses pièces s'ouvrant dans toutes les directions. De nombreux jeux de miroirs trompeurs déformaient les perspectives, ajoutaient des surfaces fantômes à de minuscules réduits, trompaient assaillants et défenseurs, faussaient les évaluations de nombre comme de distance. Mais, pied à pied, mètre après mètre, les hommes de Rungern, Koubans et Tcherkysses mêlés, progressaient inéxorablement.

Rungern, un sabre dans la main droite, un revolver au canon fumant dans la gauche, s'approcha de Blade. Son visage était noirci de fumée, une estafilade sanglante barrait son front, mais il semblait ne pas s'en être aperçu. Il était possédé par la fièvre du combat et galvanisé par la proximité de la libération du Touktou. Son destin était en train de s'accomplir. Une lueur démente habitait son regard.

— Blade, dit Rungern en s'approchant. Conduis-moi auprès de lui. Il m'attend !

Les deux hommes se lancèrent dans le dédale des pièces. Blade s'arrêtait parfois afin de s'orienter et de retrouver le chemin qu'il avait déjà emprunté. Deux officiers koubans de Rungern, dont Armyn, les accompagnaient. Á deux reprises ils durent pourtant affronter un petit groupe de Bonnets rouges qui tentèrent, mais en vain, de leur barrer la route. Au cours du second engagement, Blade parvint même à faire un prisonnier : un très jeune soldat, totalement terrorisé qui les guida tant bien que mal à travers le dédale des couloirs.

Ils atteignirent enfin le pied de l'escalier que Blade avait gravi une première fois. Là, le prisonnier fut proprement assommé et le quatuor gravit silencieusement, tous sens aux aguets, les marches de bois ciré.

Tout le palais résonnait des rumeurs du combat et de courses éperdues. Il restait une balle dans le barillet de l'arme que Blade avait empruntée à leur prisonnier. Un soldat ennemi surgit en haut de l'escalier, fusil au poing. Il n'eut pas le temps de viser. Blade l'abattit d'une balle en plein front avant de jeter l'arme désormais inutile. Le projectile traversa le crâne de bas en haut et alla frapper un cercle doré qui ornait le mur.

Ils débouchèrent sur le palier. Blade les entraîna au travers de la bibliothèque. Rien n'avait changé depuis la veille. L'officier kouban se posta en embuscade derrière la porte qui donnait sur le sanctuaire du Touktou. De la pointe de son sabre, Blade repoussa le battant. Aucun bruit. D'un coup sec de sa botte, il la repoussa totalement. La pièce semblait vide.

Lui et Armyn entrèrent d'un bond. Il n'y avait personne. Pas de trace du dignitaire. Il n'y avait pas de signe de lutte. Les bougies brûlaient sur les autels. L'air était toujours saturé d'encens.

La statue semblait les regarder.

— Il n'est pas là, rugit Rungern qui venait de pénétrer dans la pièce.

Il avait l'air décontenancé. Ses bras pendaient le long de son corps.

— Il faut absolument le retrouver. Mon avenir est à ce prix ! Et il faut trouver Gor-âl !

Mais le Touktou avait disparu. Blade se dirigea vers la tenture derrière laquelle il avait contemplé le royaume du Roi du Monde. Il la saisit de la main gauche. Dans la droite, il serrait toujours la poignée de son arme. Derrière la toile, point de vision, mais un petit piédestal de métal doré sur lequel trônait une superbe émeraude.

Les yeux de Rungern s'illuminèrent. Du centre de la pièce, il venait d'apercevoir l'objet flamboyant de mille feux. Des lampes brûlaient dans le réduit, allumant des reflets verts dans le joyau posé bien en évidence.

— Gor-âl, dit-il. Enfin !

Armyn aussi avait vu la pierre et s'en approchait fasciné.

— Nous sommes libérés, rugit l'Étrangleur.

Pendant ce temps, Blade avait fait un pas en direction de la pierre. L'émeraude commença à s'animer. Sa surface était parcourue d'ondes, elle changeait de teinte. Elle se voila puis s'illumina. Gor-âl était animée d'un rythme. On eut dit qu'elle battait comme un cœur, dont Blade crut entendre l'écho dans sa propre poitrine.

Répondant soudain à un irrésistible appel, il voulut prendre la pierre pour la protéger. Il avança la main pour la saisir. Au moment où ses doigts entraient contact avec elle, il fut parcouru d'une sensation qu'il connaissait bien. Blade referma son poing sur la pierre, l'agrippa spasmodiquement de ses deux mains. Puis, il se sentit soulevé de terre, comme transporté par une force insurmontable. Dans le fond du réduit, il eut l'impression d'apercevoir les deux moines en robe blanche qui lui souriaient. Ce n'étaient que deux ombres diaphanes, mais elles semblaient l'inviter à le suivre.

Blade était persuadé que les ordinateurs de Lord Leighton venaient de le retrouver. Il s'étonna simplement de ne pas ressentir de douleur. Il n'avait pas subi cette sensation de choc électrique qui le frappait au début d'une translation. Il n'était pas davantage soumis à une décorporation. Pour autant qu'il le percevait, son corps s'était allégé, effacé, mais il n'était pas devenu un amas informe d'atomes en suspension entre deux dimensions. Il lui apparut de plus en plus évidemment que les ordinateurs de la Tour de Londres n'étaient pas responsables de cette décorporation. Mais qui, alors ?

Il flotta un instant dans la pièce. Il voyait Rungern, Armyn et l'officier kouban désorientés par sa soudaine disparition. L'atman parcourait de la pointe de son sabre l'emplacement qu'avait occupé Blade avant sa soudaine disparition. Il hurlait, son visage était déformé par la fureur. Près de lui Armyn, les traits défaits, observait la scène sans rien dire ni faire un geste.

Puis Blade se sentit aspiré dans un long tunnel.

CHAPITRE XIV

Blade se sentait flotter. À mesure que le tunnel défilait, son observation du départ se confirmait : la sensation n'était pas celle produite par le système de translations des ordinateurs de Lord Leighton. Qu'arrivait-il ? Paradoxalement, la décorporation due aux ordinateurs étaient plus... “matérielle”, plus technique. L'impression de vitesse était plus nette.

Là, il lui semblait être devenu un pur esprit. Il n'avait pas ressenti la moindre douleur en s'évaporant. Il s'était tout simplement dématérialisé. Et maintenant, il flottait, il volait dans une sorte de vide ouaté. Puis le tunnel avait disparu. Un brouillard l'environnait où il apercevait des couleurs, mais sans certitude, comme si ses sens n'enregistraient que superficiellement, distraitement les variations de coloris. Cela avait d'abord été du mauve, puis du noir, du blanc, du moins était-ce ce dont il se souvenait. Il y a quelques instants, il était dans le rouge, et maintenant dans le vert. Oui c'était cela, il baignait maintenant dans une irradiante lumière vert émeraude. Des vagues de senteurs venaient chatouiller ses narines, des odeurs particulièrement enivrantes et attirantes d'essences rares et délicates.

Au loin, il commença à distinguer une montagne, un sommet enneigé, environné d'un océan immatériel. Il se rapprochait de la montagne. Ou plus précisément, c'était la montagne qui venait à lui. À son sommet se détachait un gigantesque symbole solaire dextrogyre de couleur rouge. Quelques temps plus tard, le pic étincelant fut sur lui et il se sentit absorber au cœur du signe écarlate. Il sentit tout son être devenir de la couleur du rubis. Et progressivement, il eut la certitude de se rematérialiser, tandis que les brumes colorées se dissipaient.

Autour de lui, le rouge vira au bleu nuit. Il reconnut les odeurs d'encens qui hantaient les couloirs du palais-forteresse de Bogdul. Le flottement s'atténua, puis cessa totalement. Il était environné de myriades de petites étoiles au milieu de la nuit. Il lui fallut une fraction de secondes pour reconnaitre l'endroit où il se trouvait : il était de retour dans le couloir de Bogdul d'où il s'était évaporé. Tous les guerriers avaient disparu et il n'y avait pas un bruit. De vieille forteresse un peu décatie, la bâtisse s'était transformée en rutilant palais brillant de mille feux. Ce qu'il avait pris pour des étoiles n'étaient que les reflets dorés de milliers d'ornements, réfléchis par des miroirs.

Deux hommes se trouvaient là, que Blade identifia immédiatement. C'étaient les deux mêmes personnages énigmatiques qu'il avait déjà croisé à Burga et, de nouveau, juste avant sa décorporation. Mais là, ils paraissaient faits de chair et d'os. Le sourire si bienveillant qui les caractérisaient n'avait pas déserté leur visage. Bras croisés, leurs mains partaient se perdre dans les manches de vêtements aussi immaculés que le semblait tout leur être.

Ils s'inclinèrent devant le nouvel arrivant.

— Veuillez nous suivre, maître Blade, dit l'un.

Blade s'engagea à leur suite. Passé le premier couloir, il ne reconnut plus rien de la forteresse. Certes, il n'avait pas exploré la totalité du palais de Bogdul, mais la disposition des lieux lui parut absolument différente. Seule la décoration gardait un certain air de parenté. Mais même ce sentiment se dissipa rapidement.

Au bout d'une dizaine de minutes de marche, le trio avait traversé de nombreuses salles, certaines aux proportions vertigineuses. Les décors étaient très différents de ceux du palais qu'il avait conquis. Certaines pièces étaient très richement ornées, à la limite de l'outrance. D'autres, en revanche, paraissaient étrangement et sobrement décorées. Ils parvinrent dans une petite pièce tendue de noir. On aurait pu se croire dans un ossuaire, de nombreux crânes et os humains s'y trouvaient rangés. Au milieu de la pièce se dressait une simple table, avec quelques outils disposés sur son plateau.

— Quelle est la destination de ce lieu ? interrogea Blade, intrigué.

— Il sert à visiter l'intérieur de la Terre, répondit l'un des moines de manière sibylline.

— C'est-à-dire ? continua Blade.

— Il vous appartiendra de découvrir seul les réponses à vos questions, compléta l'autre homme en blanc. Mais notre Seigneur vous donnera peut-être davantage d'indications.

Tous les endroits qu'ils traversaient semblaient dédiés à la spiritualité, constata Blade. Ils traversèrent des grottes, gravirent et descendirent des escaliers. Blade nota la présence de nombreux symboles alchimiques. Il se sentait gagné par l'émerveillement

Leur route fut soudain coupée par une rivière limpide qui s'écoulait doucement. Au point où ils se trouvaient le cours d'eau s'élargissait dans une retenue d'une trentaine de mètres de large.

De l'autre côté, on distinguait un autel dressé devant la statue magnifique d'une déesse presque nue, dont le seul vêtement était une toge fine agitée par un vent subtil.

Le premier guide pénétra dans l'eau. Il s'enfonça pratiquement jusqu'à la poitrine. Blade le suivit sans hésiter. Il eut un temps d'arrêt en découvrant l'étrange consistance de l'eau. Ou plutôt son absence de consistance. Physiquement, il n'avait pas rencontré de liquide. Il avançait comme si de rien n'était. Et pourtant, visuellement, l'onde courait, le contournait comme l'aurait fait une eau "matérielle". Bientôt, le liquide atteignit cou, puis son menton. Un instant plus tard, il "s'immergeait". La sensation était bizarre. Un peu angoissante aussi. Au-dessus de lui, il apercevait la surface exactement comme s'il était en plongée. Mais il respirait parfaitement et marchait aussi librement que dans l'air. Quelques mètres plus loin, il commençait à réémerger. Rapidement, il ressortit de l'eau. Le plus troublant lui fut de constater que cette eau immatérielle l'avait nettoyé. La poussière dont il était recouvert après avoir traversé la plaine, de Burga à Bogdul, avait disparu.

— Quel est ce phénomène ? demanda-t-il à ses accompagnateurs.

Ils sourirent sans répondre. Quelques instants plus tard, le groupe se retrouvait face à un mur de flammes. Fort de l'expérience qu'il venait de vivre, Blade s'avança résolument vers le brasier. Il ressentit une impression de chaleur, vive mais non insupportable. Encore une fois, l'élément était sans existence réelle. Il ne fut pas brûlé, n'eut pas le moindre poil roussi. Ses deux guides le rejoignirent.

Puis le feu disparut à son tour ; derrière se dressait une masse imposante, un dragon d'une quinzaine de mètres de haut.

Mais l'animal n'était pas plus matériel que l'onde ou les flammes.

Ils arrivèrent enfin dans une salle aux proportions gigantesques en forme de dôme dont le plafond était orné de constellations. Blade se demanda un instant si ce qu'il apercevait n'était tout simplement pas la voûte étoilée elle-même, et non une représentation tant le dessin était réaliste.

Au centre de la pièce, se trouvait une haute estrade circulaire, entourée de douze colonnes.

Les deux hommes en blanc invitèrent Blade à s'en approcher. Un escalier menait à son sommet. Il était de marbre blanc, à l'exception des trois premières marches qui étaient de couleur bleue. Ses deux mentors indiquèrent le haut de l'escalier à Blade, puis se retirèrent.

Blade gravit les marches une à une. À la trente-troisième, il marqua une pause. L'escalier lui-même formait un palier. Derrière lui, il contempla l'immensité de la pièce. Où pouvait-il se trouver ? À l'intérieur de la terre ? En tous les cas, il n'était assurément plus dans Bogdul. Il reprit son ascension et compta encore soixante-trois marches.

En gravissant les derniers degrés, il vit que le sommet de la plate-forme était occupé. Douze trônes s'y trouvaient, disposés en cercle. Chacun était occupé par un être humain : six hommes alternant avec six femmes, chacun nimbé d'une aura évanescente. Au centre, sur un cube, était posée une énorme émeraude. Blade reconnut Gor-âl.

L'un des hommes, d'apparence jeune, s'adressa à Blade.

— Bienvenue Blade au cœur pur, vainqueur du dragon.

— L'épreuve ne fut pas bien redoutable.

— Ne le crois pas, ami Blade. Elle ne le fut pas pour toi, parce que ton cœur est pur et ton âme noble. Elle peut être beaucoup plus terrible, voire infranchissable comme un mur de flammes pour d'autres.

— Je me doutais que le feu n'avait pas de consistance. Je venais de traverser l'épreuve de l'eau.

— Mais là tu sollicite ton esprit, alors que c'est le cœur qui t'a permis de triompher. Beaucoup se sont noyés dans le lac, comme d'autres ont été brûlés. Mais peu importe. Je m'appelle Jean.

— Vous êtes le Roi du Monde, demanda Blade. Vous m'êtes apparu derrière la tenture dans le cabinet du Touktou de Bogdul.

— C'est un des noms que l'on me donne. Certains me qualifient aussi de Seigneur ou d'Empereur. On dit parfois que je suis Dormant. Mais voyez comme je me sens parfaitement éveillé.

Il se mit à rire, immédiatement imité par le reste de l'Assemblée.

— Je ne suis qu'un modeste guide, à l'instar de mes frères et sœurs, ajouta-t-il en désignant les autres présents d'un geste ample.

Blade, tout en se demandant s'il avait vraiment en face de lui le Roi du Monde que le Touktou lui avait fait entrevoir, dévisagea les douze hommes et femmes présents.

Juste à sa droite, un homme était assis. Une abondante chevelure rousse encadrait son visage qu'envahissait une barbe épaisse. Son torse était nu. À ses pieds se trouvait un solide marteau, de la taille d'une masse d'arme. Un autre homme était plus âgé. Il était borgne. Une ample cape bleue l'enveloppait. Le suivant était robuste, ses cheveux étaient châtains et il était manchot. Le cinquième homme avait un visage effilé, en lame. Son manteau arborait les couleurs de l'arc-en-ciel.

Quant au dernier :

— Rungern ! s'écria Blade.

L'autre eut un sursaut d'étonnement :

— Me connaissez-vous ?

— Ta réputation est grande, Lokifar, sourit Jean.

— Mais vous m'avez appelé Rungern, n'est-ce pas ?

— Oui, répondit Blade, vous ressemblez à s'y méprendre à un homme que je connais.

— Je ne m'appelle pas Rungern.

Jean éclata de rire. Les autres l'accompagnèrent.

— Vous troublez Lokifar, mon Porteur de Lumière.

— Moi aussi, je suis troublé, répondit Blade. Même si, je crois, rien ne m'étonne plus vraiment, depuis bien longtemps.

Lokifar se leva, pointant du doigt alternativement vers Blade et vers un hypothétique extérieur :

— Qu'il quitte immédiatement Agart. Un étranger n'a rien à y faire.

En pointant son index et son majeur droits vers lui, Lokifar retrouvait le regard halluciné, fanatique, inquisiteur de Rungern que Blade connaissait bien. Soudain il leva ses deux bras et psalmodia une formule :

— *Vanatum Vanatutis Rekor Jadem.*

Une nuée se mit à s'élever comme si l'aura de Lokifar se concentrait, puis se condensait. La vapeur se rassembla, blanche, puis grise au-dessus de la tête du sosie de l'atman. Elle grossit en quelques secondes, s'assombrit s'éleva haut dans la vaste salle.

Blade crut voir un œil, puis deux, au cœur de la nuée. Cela devint une certitude lorsque le brouillard prit forme. Un corps aux multiples ramifications apparut. Une hydre à douze têtes qui s'agitaient, exhibant ses gueules noires et puissament dentées à quelques centimètres de Blade. Celui-ci recula.

La bête de cauchemar avait pris corps. Il semblait impensable qu'elle ait pu n'être que vapeur un instant plus tôt. Son souffle rauque et fétide empuantissait l'espace. Désarmé face à l'être, Blade voyait luire ses écailles sombres. Les petites têtes reptiliennes avaient entamé une danse de mort, presque une danse sacrée, avant la curée.

Blade aurait pu ou dû fuir. Mais il restait là, fasciné, comme hypnotisé par les deux douzaines d'yeux jaunes du monstre. Une des têtes passa si près de lui qu'un souffle d'air lui balaya le visage.

Les douze cous se raidirent les douze gueules prêtes à se projeter vers leur victime.

— *Fergal Fionet Sentinoe.*

Jean, s'étant dressé à son tour, pointait une canne d'or ouvragée vers le monstre hideux. Du pommeau sortit un jet de vapeur blanche qui se mua instantanément en un dragon blanc. Il n'avait qu'une seule tête, d'allure reptilienne, mais un corps gigantesque et recouvert de poils. Il possédait six pattes Son dos était crénelé d'une crête dorsale osseuse. On distinguait deux petites ailes au repos. Blade se demandait si de si petits appendices pouvaient réellement lui permettre de voler. Il n'eut pas longtemps à attendre. Car elles se déplièrent à cet instant et le dragon blanc s'éleva dans les airs pour fondre sur le cauchemar couleur de nuit.

Les douze têtes de ce dernier s'étaient immédiatement détournées de Blade lorsque le Roi du Monde avait prononcé sa formule. Elles faisaient maintenant face au nouveau-venu. Le combat commença, titanesque.

Chacun des monstres mesurait environ cinq mètres de haut, mais leur envergure était encore supérieure. Des griffes terrifiantes, retractables, ornaient les pattes du dragon blanc. Il venait de les sortir pour attaquer les têtes de son adversaire. D'un revers rapide il en trancha deux qui roulèrent sur le sol en projetant un liquide nauséabond et sombre. Elles se dématérialisèrent en quelques secondes, une substance gazeuse et noire s'éleva et retourna s'amalgamer au dragon noir. Mais les têtes coupées ne repoussèrent pas.

Les dix compagnons de Jean et Lokifar restaient impassibles. Blade avait reculé jusqu'à l'escalier. Jean souriait. Mais Lokifar semblait souffrir mille maux. Il était devenu très pâle et semblait sujet à un étourdissement. Il dut s'appuyer au rebord de son siège. Chaque coup porté à son monstre le faisait chanceler.

En revanche, Blade remarqua que les blessures infligées au dragon blanc ne paraissait pas affliger le Seigneur. De profondes entailles souillaient maintenant la robe immaculée de la bête claire. Un sang pourpre en coulait. Mais il résistait à son adversaire. Régulièrement il se soulevait de terre à la force de ses ailes, puis il fondait sur son ennemi dont les têtes étaient de moins en moins nombreuses. D'un coup de dent, il sectionna un cou. Chaque fois, le même processus de décomposition se reproduisait et le gaz revenait se fondre dans la bête noire, sans la renforcer pour autant.

Blade vit Lokifar s'agenouiller, la main sur le cœur, les doigts crispés sur son vêtement. Tout en se tenant de la main gauche au fauteuil, il pointa une main droite tremblante vers sa créature démoniaque. Blade vit qu'il psalmodiait quelque chose, mais ne put distinguer les mots qu'il prononça. Le monstre se résorba et vint se dissoudre auprès de son géniteur.

Lokifar, transpirant d'abondance, s'effondra sur le sol, bras écarté, comme vidé de toute substance. Pendant ce temps, le dragon blanc se désintégrait et regagnait la canne-sceptre de Jean.

— Laisse cet étranger en paix, Lokifar. Si la pierre a voulu qu'il vienne, il est le bienvenu chez nous.

— La pierre, gémit Lokifar se redressant insensiblement... ou toi.

— Suffit, le tança le Seigneur. As-tu oublié l'essence de ta mission ? Tu es notre porte-lumière. Tu as pour charge d'apporter cette lumière, la lumière de la connaissance parfaite, à ceux qui en manquent…

— Mais tous les étrangers ne sont pas capables de recevoir la connaissance, objecta Lokifar se remettant lentement.

— J'en conviens, j'en conviens, dit Jean. Seulement, pour toi, aucun étranger n'est digne de la recevoir...

Jean et Lokifar se défièrent des yeux quelques secondes. Puis le porte-lumière regarda Blade. La ressemblance avec Rungern était stupéfiante. Surtout ce regard si particulier, si dérangeant.

— Maintenant, Lokifar, reprit le Seigneur du Monde, tu as une ambassade à mener à bien. Je t'ai demandé de te rendre à Urekrur, chez l'Empereur Elrik. Pars immédiatement. Vois s'il est digne de recevoir la connaissance. Force, Paix et Santé, Lokifar.

Tous se levèrent.

— Force, Paix et Santé ! scandèrent les onze initiés, main droite ouverte sur le cœur et en s'inclinant légèrement.

Les étranges personnages se dirigèrent vers le grand escalier et le descendirent. Lokifar passa devant Blade à qui il lança un regard dénué de chaleur, puis s'éloigna d'un pas martial.

Blade allait suivre le mouvement, lorsqu'il sentit une main sur son épaule. Il se retourna et découvrit le visage souriant de Jean. Ses yeux bleus paraissaient étonnament bienveillants, avec cette pointe d'énergie et de volonté propres à la jeunesse.

— Tu vas pouvoir observer Lokifar, commença-t-il. Observe-le. Avec le cœur, pas avec l'esprit. Ne le juge donc pas.

Blade avait l'impression d'avoir entendu ce type de sentence dans la bouche du Touktou.

— Viens. Nous allons l'accompagner jusqu'à la Porte des Étoiles. Cela me permettra de t'expliquer certaines choses qu'il te faut connaître.

Les deux hommes descendirent l'escalier. L'immense salle était désormais vide, à l'exception des moines en blanc qui avaient guidé Blade en ce lieu. Ils suivirent leur Maître et son hôte.

— Nous sommes les gardiens d'un Savoir, que symbolisent trois pierres. L'une des trois, Gor-âl — que tu connais —, est particulièrement importante pour nous. Nous avons mission de guider ce monde. J'ai été désigné comme le responsable de notre petite communauté. c'est pour cela que l'on m'appelle le Roi du Monde. Mais, en réalité, notre communauté de douze guides forme une unité. Que l'un des membres viennne à faiblir et c'est tout notre groupe qui vacille, puis l'équilibre du monde privé de sa lumière.

« Commences-tu à comprendre ?

— Je crois. La division a commencé à s'introduire chez vous. Le monde est donc en train de s'assombrir. Mais quel est mon rôle auprès de Rung... pardon Lokifar ?

— Vos destins sont liés. Tu comprendras plus tard pourquoi Lokifar ressemble tant à celui que tu nommes Rungern. Tu as été choisi par la Pierre. Espérons qu'elle a fait un bon choix et que tu pourras restaurer l'ordre du monde.

En marchant, ils parcouraient des salles et des couloirs splendides. Toutes les décorations étaient d'inspiration symbolique et sacrée. Les symboles succédaient aux symboles : sur les tentures, les vases, les murs, le moindre objet...

— Mais pourquoi l'envoies-tu en mission hors de votre communauté, alors qu'il semble détester les étrangers ?

— Parce que c'est son rôle. En tant que porte-lumière, il est celui qui porte la connaissance à l'extérieur. C'est sans doute en raison de ce contact qu'il a fini par être déstabilisé. Mais c'est son destin. Il doit continuer, aller au bout de sa fonction, peut-être s'y perdre pour renaître. Et c'est là que tu interviens.

— Comment ?

— Tu le verras en temps utile.

Les quatre hommes avaient pris place dans une nacelle en forme de cygne qui glissait sur une petite rivière souterraine. Seul le courant lui permettait de se mouvoir. Jean sortit un petit rouleau scellé de sa manche. Blade observa le sceau. Il représentait un oiseau aux formes lourdes, au bec fort et légèrement spatulé.

L'embarcation arriva à destination. Un léger vent soufflait. Il provenait d'une ouverture dans la muraille. La somptuosité du lieu avait fait place à la rusticité de la roche. Mais le merveilleux n'avait point pour autant disparu. Il s'exprimait dans un paysage de toute beauté : la voûte étoilée s'encadrant dans l'ouverture.

— La Porte des Étoiles, dit Jean.

Lokifar attendait, à cheval. Il avait revêtu une veste rouge doublée de fourrure blanche. Sur sa tête était enfoncée une toque de fourrure. Six hommes l'accompagnaient. Tous étaient habillés de rouge. Blade sentit peser sur lui le regard appuyé de l'un d'eux. Il le dévisagea avec attention.

Armyn ! reconnut Blade, sidéré. Son visage devait avoir traduit sa stupéfaction. Lokifar lui demanda en effet ironiquement :

— Ne me dites pas que mon premier officier vous rappelle quelqu'un.

— Quel est son nom ? s'enquit Blade auprès de Jean.

— Chatan.

CHAPITRE XV

Dépassant le petit groupe de cavaliers, Jean avait entraîné Blade vers un autre lieu du royaume d'Agart. Une salle ronde entièrement blanche, dont le plafond semblait soutenu par douze colonnes de marbre blanc veiné d'or.

Au centre de la pièce une vasque emplie d'eau était entourée de sièges, des bancs de pierre recouverts de coussins tout aussi immaculés que le reste du décor.

Jean invita Blade à s'installer. D'un geste de la main il balaya la surface liquide qui parut soudain perdre de sa consistance et se muer en une brume légèrement opalescente. La surface de la vasque semblait répandre maintenant une pâle lumière qui fut tout à coup traversée d'éclairs avant que ne s'y forme une image d'une grande netteté.

Elle représentait Lokifar et ses hommes, progressant dans une plaine caillouteuse. L'image les surplombait, écrasant un peu la perspective, mais le doute n'était pas permis, il s'agissait bien des sept cavaliers rouges qui venaient de quitter la Porte des Étoiles. Le paysage aride s'étendait autour d'eux, apparemment infini. Aucune trace de la porte menant au royaume du prêtre Jean.

Comme devinant les questions qui se pressaient dans son esprit, Jean lui intima le silence d'un geste et désigna l'image du menton :

— Vois et ressens. Tu questionneras plus tard.

Le temps semblait se dérouler selon un autre rythme que dans l'Agart. Les cavaliers se trouvaient maintenant au bord d'une mer calme et étale. Le paysage était constitué de dunes de sable clair, qui se couvraient d'ajoncs à quelques distances du rivage avant de se muer en un calme moutonnement de collines et de vallons parcourus de bocages verdoyants. Un tableau de paix et d'harmonie.

Un grand bateau à trois mâts les attendait. Il arborait des oriflammes blancs frappés d'une croix noire le divisant en quatre rectangles égaux. Un oiseau noir, identique à celui que Blade avait déjà remarqué, se trouvait dans la partie supérieure gauche.

Un homme d'une cinquantaine d'année vint les accueillir. Il descendit de la passerelle d'un pas noble. Il avait une belle chevelure argentée. Son long manteau vert portait un écu blanc frappé au centre du même oiseau noir sur fond d'arbre sec.

— Baron Evolius, se présenta-t-il. Bienvenue à vous. L'empereur m'a demandé de venir vous accueillir. Il regrette de n'avoir pu se déplacer lui-même. Mais il voulait s'assurer que tout soit fin prêt pour vous recevoir.

Les messagers d'Agart s'embarquèrent.

Le navire quitta le bord et prit la mer sans avoir eu besoin de faire monter la voile. Une force de propulsion silencieuse et mystérieuse entraînait l'embarcation à bonne vitesse. Six heures plus tard, la côte opposée apparaissait. Les contours s'affirmaient plus enchanteurs à mesure que la nef progressait. Les arbres étaient en fleurs, les prairies verdoyantes. On entendait les habitants chanter, tout en vaquant à leurs occupations. Il émanait du paysage un irrésistible sentiment de paix et de bien-être.

Blade leva un regard interrogatif vers Jean, qui l'autorisa à poser la question qui lui brûlait les lèvres.

— J'ai beaucoup voyagé, Seigneur. Mais j'ai rarement vu un pays aussi idyllique. Je dirai même davantage. Au-delà du simple plaisir des sens, il paraît produire une sorte d'attraction, de rayonnement étonnamment positif.

— Il doit cette quiétude à son souverain qui observe avec ferveur les lois d'Agart. Il n'y a pas si longtemps, sous le règne de l'empereur précédent, le pays suivait les préceptes du Saintican, une doctrine obscure prêchant l'Amour pour mieux asservir les êtres. Elrik, une fois sur le trône, s'est révolté. Oh, sans violence... L'empereur est trop épris de justice et de dialogue. Ce fut long. Mais grâce aux connaissances que je lui ai livrées par l'intermédiaire du Baron Evolius, il a vaincu.

« Ces savoirs ont permis de développer le pays, l'irriguer en des lieux qui étaient désertiques. Et aussi de mouvoir des objets inanimées sans l'aide des éléments.

— Comme ce bateau, par exemple ?

— Exactement. Et il a eu le droit d'arborer sur son étendard le roscroi d'Agart. Mais en noir simplement. Si Elrik est accepté parmi mes initiés, ses biens et ses hommes auront le droit de l'arborer en blanc, voire en rouge.

— Pourquoi cet animal est-il si sacré ? questionna Blade, qui venait d'apprendre le nom de l'animal.

— Il symbolise la recherche de la connaissance et le don de Soi... Mais sois patient, le spectacle n'est pas terminé...

Le château d'Elrik se dressait sur une éminence. De forme octogonale, il avait une étonnante apparence brute, comme celle d'une pierre à tailler. À chaque angle se dressait une tour. Mais leur sommet ne dépassait pas la hauteur du mur d'enceinte. Peu de fenêtres étaient visibles. En fait le bâtiment ressemblait plus à une figure géométrique exemplaire qu'a une forteresse. On ne voyait aucune défense traditionnelle sur un castel. Pas de créneaux ou de meurtrières. Le mur était orné d'une forêt d'oriflammes portant la croix noire sur fond blanc et le roscroi d'Agart.

Un pont-levis permettait d'accéder à l'intérieur du palais. Mais il était symbolique, aucune douve n'entourant le bâtiment.

Par contraste, l'intérieur de la forteresse était aussi coloré et riant que l'extérieur était sévère. Une presse nombreuse et enjouée attendait les hauts personnages d'Agart. La réputation de Lokifar, chef des légions du royaume de Jean, était grande. On se précipitait pour voir ce superbe initié et chef de guerre. Lokifar en avait probablement conscience. Il bombait le torse et saluait à l'envie. Chatan n'était pas le dernier à plastronner. Mais, derrière sa barbe couleur de jais, on sentait que sourire ne lui était pas coutumier.

Au sommet d'un grand escalier, un homme attendait. Un long manteau blanc pesait sur ses épaules. Les pans s'échelonnaient sur plusieurs marches. Il était jeune. Sa chevelure était châtain. Ses yeux resplendissaient d'un éclat vert d'émeraude.

L'Empereur, en ouvrant largement les bras, descendit les marches en souriant. Son manteau blanc avait glissé de ses épaules.

— Ah mes amis, que je suis heureux de vous voir, répéta Elrik en donnant l'accolade à Lokifar.

Il s'empressa de saluer de même les six autres envoyés d'Agart. Chatan afficha une nette moue de gêne.

Une fête avait été organisée afin d'accueillir les envoyés d'Argat. Tout semblait se passer dans une atmosphère bon enfant, gentiment joviale. lise et débonnaire. Trop lisse.

Blade avait trop l'expérience de la vie pour ne pas savoir qu'une telle apparence de paix et d'harmonie qui confinait à la mièvrerie, était le parfait terreau pour des catastrophes immenses lorsqu'un grain de sable venait s'y glisser… Il se doutait que le but de Jean, en l'invitant à suivre les principales étapes de l'ambassade de Lokifar n'était pas innocent. Il attendait…

Le repas s'achevait. De nombreux seigneurs de l'Empire participaient au banquet donné dans la salle du trône. La nuit était bien avancée. Une grande verrière au-dessus des têtes laissait apercevoir le ciel constellé. Le baron Jula Evolius se trouvait à quelques pas de son maître.

La grande pièce résonnait de nombreuses conversations. Le trône d'or était surmonté d'un grand roscroi du même métal. Elrik y était assis.

Lokifar se tenait debout, une marche plus bas, ses mains serrant un sac de peau. Il leva le bras droit en lui imprimant un mouvement circulaire au-dessus de l'assistance pour imposer le silence.

La salle devint aussi silencieuse qu'elle avait été effroyablement bruyante quelques instants plus tôt.

— Moi, Lokifar, Seigneur porte-lumière d'Agart, chef des légions du roi Jean, j'ai reçu mandat pour venir éprouver votre souverain. Depuis plusieurs années, maintenant, vous vivez en paix. Chacun sait ici que vous le devez à l'Empereur et à sa grande sagesse. Nous devons savoir si cette sapience lui ouvre les portes d'Agart.

Penché sur la vasque, le roi Jean s'était fait soudain plus attentif. Il souriait.

Lokifar plongea sa main droite dans le sac. Tous les regards étaient braqués sur lui. L'envoyé de Jean sortit trois objets, trois pierres précieuses d'une taille hors du commun. Leurs myriades de facettes accrochaient la lumière des lampes qui éclairaient la salle. L'une était un rubis, la seconde une émeraude. Blade reconnut Gor-âl elle-même. La troisième était un saphir.

Lokifar les offrit à Elrik.

Blade se demanda comment Gor-âl, dont il connaissait le pouvoir — et pour cause ! —, pouvait être ainsi offerte à l'empreur.

— Si tu sais parler avec sagesse, tu garderas ces pierres, témoignages de ta grandeur. Alors ton cycle sera achevé. Tu pourras rejoindre Agart et devenir pur éther.

Elrik accepta avec solennité les pierres précieuses sacrées. La chaleur de son remerciement n'était pas feinte.

Blade nota qu'un curieux sourire s'affichait sur les lèvres de Lokifar. Une pointe d'ironie y sourdait. Il chercha des yeux Chatan, mais ne put l'apercevoir. Pourtant les cinq autres hommes d'Agart étaient là.

— Maintenant, Elrik, poursuivit Lokifar, réponds à cette question : quelle est la meilleure chose au monde.

N'hésitant qu'une seconde, l'empereur répondit :

— La Mesure.

— Bien, bien, fit le porte-lumière avec une certaine moquerie dans la voix. Est-ce tout ce que tu as à me dire ?

— Oui, la Mesure contient en elle l'assurance de tous les bienfaits, de la Justice, de la Paix, de l'Équilibre...

Lokifar reprit les trois pierres dans les mains d'Elrik.

— Je t'ai demandé quelle était la meilleure chose au monde. Et tu m'as dit la Mesure, ce qui était une excellente réponse. En revanche, pour devenir initié d'Agart, pure lumière, tu devais bien parler. Tu aurais donc dû me demander quelles étaient ces pierres sacrées, ce qu'elles représentaient, à quoi elles servaient. Je t'aurais ainsi appris que la pierre rouge rendait invulnérable, que la verte, peut-être la plus sacrée, donnait l'immortalité, et que la bleue rendait invisible. Mais tu ne m'as rien demandé. Tu m'aurais laissé partir sans t'enquerir de ces pouvoirs et ainsi ils auraient fini par se perdre puisque personne n'en aurait eu connaissance.

« J'en déduis donc que tu n'es pas encore prêt pour Agart.

Dans l'assistance, un immense cri de déception retentit.

En Agart, Jean hochait lentement la tête en observant la scène.

— Était-il prévu qu'il reprenne les pierres ? le questionna Blade qui avait remarqué sa soudaine concentration.

— Je ne lui avais pas demandé. Mais il est juste qu'il les reprenne, conviens-en. Toute la question maintenant, est de savoir quel usage il va en faire. Il est en train de nouer les fils de son Destin. Tout doit s'accomplir. Laissons-faire.

Dans la salle du trône les bruits d'une course retentirent. Ils furent immédiatement suivis de hurlements.

— Seigneur, Seigneur, vite. Un grand malheur !

Un garde surgit le visage décomposé.

« Le grain de sable » songea immédiatement Blade.

— Qu'y a-t-il ? demanda Elrik en se retournant vers le garde. Parle.

L'homme se tourna vers Evolius :

— Seigneur, votre fille...

— Eh bien quoi ma fille, s'étrangla le baron qui venait subitement de pâlir. Parle enfin !

— Venez vite.

L'empereur, le baron et leur suite se précipitèrent. Lokifar leur emboîta le pas.

Ils atteignirent le pied de la tour nord. Dans un angle de la cour, sous les étoiles, un petit groupe s'était formé. Des gardes étaient là. Quelques servantes aussi. Tous ces gens réconfortaient quelqu'un qui pleurait. Une jeune fille sanglotait dans les bras de sa dame de compagnie. Sa robe pendait lamentablement, en lambeaux. La jeune fille portait des traces de coups sur son épaule nue. Son visage était tuméfié et ses yeux grossis par les larmes.

— Ma fille ! Ma petite fille !

Evolius se précipita, écartant la foule qui se pressait.

— Père !

Elle se réfugia dans ses bras. Déjà, le nom de l'agresseur courait sur toutes les lèvres : Chatan. Il avait tenté de violer la fille du baron après l'avoir entraînée hors de la salle du trône. Confiante — c'était un envoyé du Roi du Monde —, elle l'avait suivi. Il l'avait brusquée, blessée, avant qu'elle ait pu pousser un cri et alerter ainsi les gardes. Chatan s'était enfui après avoir blessé grièvement deux soldats.

L'empereur se tourna en quête de Lokifar. Celui-ci arrivait tranquillement, arborant un visage serein.

— Je ne comprends pas, dit Elrik. Pourquoi ? Pourquoi ces actions viles ?

— Ce qui ne nous abat pas nous rend plus fort, a dit quelqu'un, se contenta de répondre le bras droit de Jean.

— Je vais vous prier de quitter Urekrur dès demain, ordonna l'empereur.

— Je n'avais nullement l'intention de m'éterniser davantage, répondit sèchement Lokifar.

— Le Destin ne connaît pas la pitié. Sa marche est irrévocable.

Jean avait tiré la leçon du drame auxquels ils venaient d'assister par l'intermédiaire de l'étrange vasque. Il reprit la parole :

— Mais les événements ne sont pas encore terminés. La boucle du fatum n'est pas encore refermée…

L'Empereur Elrik et le baron Evolius étaient ensembles, dans la salle du trône maintenant déserte. La fête était bien finie...

— Vous savez, sire, que le Roi du Monde a souvent eu recours à mes services pour vous apporter aide et connaissances.

— Oui, Jula, je sais que tu es un initié et que ta sagesse a attiré sur nous l'attention du prêtre Jean. Mais, compte tenu des effroyables événements qui viennent de se produire, ne crois-tu pas que la main du Seigneur nous a quitté, que sa protection nous est désormais perdue ? Sinon, comment aurait-il pu permettre une telle action de la part de l'un de ses envoyés ?

— N'oubliez pas, messire, que Chatan ne nous est pas inconnu. C'est un ancien dignitaire du Saintican. En apparence, il a abjuré son ancienne foi et est devenu, comme membre des légions de Lokifar, fidèle à Argat. Dans l'ombre, il fut, vous le savez, l'un de nos principaux adversaires. Il haïssait notre monde et nos valeurs. En fait je ne devrais pas parler au passé. Son action de ce jour nous prouve qu'il nous hait toujours, peut-être

encore plus qu'autrefois.

— Que va-t-il se passer maintenant ? Le royaume d'Argat m'est fermé, mais ce n'est pas là le plus grave, que va devenir notre monde si le prêtre Jean nous abandonne ?

— Je ne le sais, messire, toutefois la situation n'est peut-être pas désespérée. Un roscroi m'a apporté un message secret du Roi du Monde. Sa rédaction est sibylline, mais je crois la comprendre. Il m'enjoint de « soustraire la puissance à la tentation ». Cette puissance ne peut être que celle des pierres sacrées, et la tentation ne peut être qu'incarnée par Chatan ou Lokifar lui-même. Je vais tenter de m'emparer de ces pierres afin qu'il n'en soit pas fait un usage mauvais.

Le sourire de Jean s'était élargi :

— Je crois que je choisis bien certains de mes initiés…

« Mieux, en tous cas, que certains de tes compagnons », songea Blade…

Comme s'il avait perçu la pensée ironique de Blade, Jean leva son regard sur lui et son sourire se mua en un rire franc.

— Tu raisonnes en termes humains, Blade. Les fils de la destinée ne sont jamais droits, elle emprunte des chemins détournés. Parfois elle semble tourner le dos à son but ultime, mais ce n'est qu'une impression passagère.

Près d'une fenêtre, dans une antichambre du château d'Elrik, Lokifar et Chatan étaient plongés dans une conversation animée. Leurs compagnons dormaient dans la pièce contigue, où se trouvaient également la couche de l'envoyé d'Argat et de son fidèle lieutenant.

— Il n'y a que des illuminés comme Jean, Elrik ou Evolius pour croire que le monde est intégralement positif. Il se nourrit des opposés. Nous vivons de nombreux cycles d'existence, de vie et de mort. Le cycle de Jean arrive à son terme. Il est temps de le régénérer, ou alors notre monde ira à sa perte.

Lokifar parlait à voix basse, mais l'exaltation qui l'habitait était pleinement audible.

Pendant ce temps, le baron Evolius s'était glissé dans la pièce voisine par une autre issue. Il avait repéré le sac de peau, resté sur le chevet de Lokifar. La pièce était plongée dans une quasi obscurité.

Les deux hommes absorbés dans leur discussion, le regard perdu sur la nuit, n'avaient rien remarqué. Le ministre d'Elrik connaissait les formules activant le pouvoir des pierres. Jean les lui avait enseignée. Mais dans le noir, il ne savait laquelle était Gor-âl. D'abord, par précaution, il lui fallait se rendre invisible. Il effleura des doigts les pierres sacrées. Elles étaient chaudes au toucher. Mieux, on avait l'impression qu'elles étaient animées d'une vie interne, qu'elles battaient comme des cœurs. Il en toucha une et psalmodia une formule. Il ne se passa rien. Il passa à une autre et recommença son incantation.

Alerté par un bruit incongru, Lokifar pénétra dans la chambre et regarda vers son lit, mais ne vit rien dans la pénombre. Méfiant tout de même il se rapprocha, au moment où Evolius, en désespoir de cause, tentait son rituel sur la dernière pierre. Malheureusement Lokifar eut le temps de voir une ombre disparaître et son sac se déformer. Se sachant découvert Evolius eut pourtant le réflexe de s'emparer d'une seconde pierre, avant que Lokifar ne bondisse sur le sac.

— Au voleur, saisissez-vous de lui !

Chatan fut instantanément à ses côtés, arme au poing. Les autres Agartiens s'éveillèrent.

— Les pierres ! rugit le Lokifar. Il manque deux pierres.

Les hommes fouettaient l'air à coups d'épée. Les tentures furent arrachées. Une porte claqua. Tous se précipitèrent dans le couloir, mais ils ne virent rien. Sur le sol ils aperçurent des gouttes de sang frais Le voleur avait été touché, mais les traces s'interrompaient au bout de quelques mètres, impossible donc d'organiser la traque.

Lokifar entra dans une longue conversation avec Chatan. Il avait vérifié l'identité de la pierre restante. C'était le rubis d'invulnérabilité. Chatan suggéra à son chef de prétendre que toutes les pierres lui avaient été volées.

— Jean aurait sûrement appris que tu avais récupéré les trois objets sacrés. Si tu dis qu'elles t'ont été volées, il cherchera à les retrouver et sera d'autant moins sur ses gardes. Tu pourras mieux te préparer à le renverser.

— Tu as raison. Et je garde la pierre d'invulnérabilité qui est sans doute celle dont j'aurais le plus besoin.

Depuis Agart où il observait la scène, Jean soupira.

CHAPITRE XVI

Les images qui apparaissaient sur la vasque de Jean témoignaient d'un changement dans l'atmosphère du monde d'Elrik.

Les éléments semblaient courroucés et de lourds nuages noirs avaient envahi le ciel. Les visages, hier encore habités par la joie, étaient durs, fermés et la colonne menée par Lokifar avait quitté le château de l'empereur dans un petit matin morose. Oublié,e la liesse qui avait marqué leur arrivée. L'harmonie, ici aussi, avait été rompue.

Le vaisseau à la propulsion mystérieuse les avait de nouveau accueilli, mais les marins étaient distants, muets. D'ailleurs ils avaient fort à faire : la mer était grosse et le vent semblait vouloir s'opposer à leur avance. Lokifar et ses hommes n'avaient pas quitté leur cabine.

— Tous les éléments, du plus simple au plus complexe, de l'animé à l'inanimé, du végétal à l'animal et même au minéral, participent d'un même phénomène. Certains l'appellent la vie, d'autres pensent qu'il s'agit du hasard, d'autres enfin, qu'une énergie divine sous-tend tout l'édifice. Peu importe, le fait est que l'harmonie lorsqu'elle est brisée bouleverse la nature ultime des choses jusqu'au niveau le plus reculé de la matière.

« Blade, tu vas, toi aussi, emprunter la Porte des Étoiles et te porter à la rencontre de Lokifar.

— Mais ne va-t-il pas être étonné de me voir arriver ? Il risque de soupçonner que tu connais tout de ses agissements au château d'Elrik.

— Non, Lokifar ne connaît pas l'ensemble des pouvoirs de cette vasque magique, il croit que je peux seulement observer les alentours d'Argat. Et, comme tous les ambitieux, il a besoin de sous-estimer les autres.

Une fois équipé, Blade franchit à son tour les mystérieuses portes. Il arriva sur la plaine qu'il avait déjà pu contempler, en compagnie de Jean.

Après quelques heures de chevauchée il gagna la bordure du plateau qui débouchait sur une vallée beaucoup plus accueillante, parsemée d'énormes éboulis, traces — sans doute — du travail des glaciers qui avaient dû occuper ce lieu quelques millions d'années auparavant. Une forêt de résineux poussait ses tentacules jusqu'au flanc de la dénivellation.

Alors qu'il approchait des premiers arbres, Blade aperçut la colonne menée par Lokifar. Ce dernier arrêta d'un geste ses hommes et s'avança, seul, au devant de lui.

— Je te salue, Lokifar, Jean m'a envoyé à ta rencontre.

— Et pour quelle raison ?

— Je pense qu'il a voulu satisfaire ma curiosité quant à la Porte des Étoiles. C'est une expérience extraordinaire.

— Petit humain s'étonne de pas grand chose !

Lokifar partit d'un long rire qui se rompit tout net lorsque qu'une flèche vint frôler sa joue avant de se ficher profondément dans le tronc d'un arbre tout proche.

Des créatures apparurent soudain, semblant surgir de partout, de sous chaque pierre, de derrière chaque arbre. Quelques traits sifflèrent encore, mais se perdirent sans toucher personne et bientôt les combats se déroulèrent au corps à corps.

Les agresseurs, de petite taille, portaient des vêtements de grosse toile marron, couverts de terre. Blade comprit ainsi comment ils avaient pu passer inaperçus jusqu'au moment de l'attaque. Ils s'étaient enterrés, comme le faisaient les ninjas de sa dimension, pour apparaître brusquement au passage de leur proie. Leurs visages étaient noirs de crasse. D'infectes verrues ou kystes leur déformaient la face, souvent mangée par une barbe épaisse.

Beaucoup possédaient des haches et s'en servaient apparemment avec dextérité. Ils criaient. Et leurs hurlements disaient « Vengeance ! Vengeance ! ».

Blade vit un cheval abattu à coups de hache, le col tranché par trois assaillants. La monture s'affaissa recouverte de sang. Les tueurs se jetèrent sur l'encolure pour se repaître de la chair fraîche et du sang chaud.

Blade eut l'impression que ceux qui s'étaient jetés sur la viande encore palpitante avaient grandi. Mais c'était impossible !

Les huit hommes résistaient avec difficulté au flot humain qui les submergeait. Faisant tournoyer son épée, Blade fonça, fauchant au passage têtes et membres. Il traçait une piste sanglante et fut bientôt imité par les combattants agartiens qui alliaient ainsi la mobilité de leurs montures à une allonge naturellement plus grande. Mais les agresseurs comprirent vite le danger et s'attaquèrent aux pattes des chevaux qu'ils tranchaient d'un large mouvement de hache avant de fondre sur les cavaliers démontés.

Blade, désarçonné, boula au sol et s'empara d'une hache. C'était une arme qu'il aimait bien. Seul inconvénient, en l'occurence : sa petite taille. Mais il en fit usage avec bonheur. Faisant tournoyer son arme, il tranchait, décapitait, démembrait.

Il n'avait pas le choix. C'était se battre ou mourrir. Tuer ou être tué.

L'horreur fut à son comble, lorsqu'il vit que certains de leurs adversaires se repaissaient de la chair de leurs congénères morts. Cette fois, Blade n'eut plus de doute. En absorbant du sang ou de la viande fraîche, les petits êtres grandissaient. Il fallait faire vite, ne pas leur laisser le temps de se nourrir. Il avisa ses compagnons de sa découverte.

Trois Agartiens étaient déjà trépassé. Ils étaient en train de servir de repas à des individus aux visages sanguinolents. Mais le message était passé. Les survivants ne tenaient pas à finir dévorés. Ils redoublèrent d'énergie pour abattre leurs ennemis, sans leur laisser le temps d'absorber la chair de leurs victimes. Les bras de Blade étaient rouges et ses muscles durcissaient. Il se trouvait au bord de la crampe et ses mouvements perdaient de leur ampleur. Les petits hommes exultaient en le voyant faiblir.

— Protégez-moi ! hurla Lokifar.

Tous se rassemblèrent autour de lui, constituant un véritable mur de chair et d'acier. Lokifar entama alors une incantation, bras levés. Simultanément, deux Agartiens tombèrent, frappés de toutes parts. Il ne restait plus que Blade, Chatan et Lokifar. Mais, enfin, une nuée s'éleva au-dessus de ce dernier et commença à prendre forme, à se modeler. Quelques secondes plus tard, les agresseurs atterrés voyaient s'animer l'hydre noire et terrifiante. Elle avait retrouvé sa complète intégrité. Le monstre commença immédiatement son œuvre de mort. Les têtes se précipitaient sur les petits êtres. Certains voulurent fuir, mais le dragon se déplaçait à grande vitesse et les rattrapait.

Les rares agresseurs survivants s'égaillèrent bientôt dans les fourrés, poursuivis par la créature à douze têtes. Chatan voulut leur donner la chasse, mais il vit que son chef faiblissait.

Effectivement, Lokifar chancelait. Il était devenu extrêmement pâle. Peu après, une vague forme vaporeuse, qui évoquait encore quelque peu l'hydre, réintégra l'être du porte-lumière épuisé. Il gisait là sur le sol. Blade guettait un éventuel retour des petits êtres monstrueux, mais ils ne revinrent pas. En revanche, les montures survivantes qui s'étaient enfuies pendant l'engagement revinrent. Il aida Chatan à hisser le chef des légions sur son cheval. Puis le trio s'empressa de quitter les lieux, sans pouvoir se préoccuper d'offrir une sépulture décente aux cinq Agartiens qui avaient payé de leur vie l'engagement.

Quelques heures après, Lokifar, rétabli, annonça qu'ils approchaient de l'entrée du royaume. Blade ne distinguait rien. Le trio parcourait alors la surface aride du plateau sur lequel ils étaient arrivés en quittant Argat.

Soudain, alors qu'ils avançaient, ils franchirent une porte invisible qui les transféra dans le séjour souterrain. Ils se trouvaient dans l'entrée de la grotte, près de la Porte des Etoiles. Blade, troublé, voulut s'assurer du phénomène qu'il venait de vivre. Il ressortit et constata que l'entrée d'Agart était totalement invisible.

Pire, il était maintenant incapable d'en retrouver l'accès.

À plusieurs reprise, Blade repassa au même endroit. C'était pourtant bien là qu'il était entré derrière Lokifar et Chatan. Ou n'était-ce point ici ? Tout le paysage semblait uniforme. Pourtant, au cours de brefs éclairs, durant quelques fractions de secondes, il croyait distinguer les contours de la grotte. Mais tout s'estompait immédiatement.

Il finissait par se demander s'il n'avait pas finalement rêvé tout cela, lorsqu'il vit soudain surgir du néant, un visage bienveillant. Un corps et enfin des membres, se matérialisèrent. Il reconnut l'un des deux hommes en blanc qui le suivaient depuis Burga.

L'homme s'inclina devant lui.

— Bienvenue, Seigneur Blade, dit-il en souriant non sans un brin d'ironie. Auriez-vous perdu votre route ?

— Je le crois.

— Avez-vous oublié ce que vous a conseillé le Touktou ? Regardez avec votre cœur ! Agart est un univers d'initiés, un royaume de certitude. Il est invisible au commun des mortels. Suivez-moi.

Et les deux hommes repassèrent dans l'univers souterrain, à un endroit même où, plusieurs fois, Blade avait cherché et recherché l'entrée.

— Celui qui doute, expliqua encore le religieux, ne trouve pas.

— Mais le questionnement fait progresser, s'offusqua Blade.

— Sans doute certaines questions font-elles progresser. Mais font-elles aller aussi loin et aussi bien que les certitudes ? Vous-même, grand guerrier, vous savez qu'au combat, celui qui se pose des questions est déjà mort.

— Cela n'a rien à voir.

— Oh si. La vie est un combat... contre soi le plus souvent. Voyez, vous avez suivi Lokifar sans vous poser de questions. Vous saviez qu'il connaissait la route d'Agart. Et vous êtes passés. Puis vous vous êtes interrogés. Alors vous êtes ressortis. Et là, seul, doutant de votre expérience, vous n'avez pas retrouvé le chemin de notre royaume.

Blade remit son cheval entre les mains d'un jeune palefrenier. Il se retourna. L'extérieur de la grotte montrait maintenant une voûte étoilée.

Le religieux saisit le regard de Blade.

— Ici, le temps est aboli. Nous vivons dans une autre dimension. Cette porte est toujours celle des étoiles. Sauf durant quelques secondes, lors d'un retour, comme si un passage s'ouvrait sur une portion de temps. Notre royaume est invisible de l'extérieur. Souvent il ouvre sur une plaine. Mais, à l'intérieur, nous pouvons monter fort haut, comme si nous étions au cœur d'une montagne. Cette montagne, nous l'appelons le Mont du Rassemblement au plus lointain Minuit. Et c'est là la signification du nom Agart. Ici, il est toujours Minuit.

Les deux hommes s'enfoncèrent dans les couloirs du royaume souterrain. Ils traversaient maintenant un couloir bordé de nombreuses statues de marbre d'hommes en toge.

— Ce sont des sages qui ont vécu... ou qui vivront, dans différentes dimensions ou univers, expliqua le religieux de sa voix douce et traînante.

— Vous êtes en train de me dire que tout est déjà écrit, s'exclama Blade qui avait quelques difficultés à adhérer à une telle philosophie.

— Je ne cherche pas à vous le faire croire. Mais votre regard traduisait vos interrogations muettes, n'est-ce pas ? Alors j'ai répondu à votre question. Les réponses ne conviennent pas toujours. Elles ne sont peut-être pas… voyons, comment diriez-vous dans votre pays ? « ethically correct » !

Cette fois, l'étonnement de Blade était à son comble. Était-il possible que ces hommes aient une connaissance réelle de l'endroit d'où il venait ?

— Tenez, dit l'homme, reconnaissez-vous celui-là ?

La physionomie de l'homme que le religieux lui indiquait rappelait effectivement quelque chose à Blade. Mais quoi ?

— Nous l'appelons Bacon. Mais je crois que chez vous, on le nomme Jack Speare, ou quelque chose comme ça. C'était un grand poète initié, non ?

Shakespeare. Bien sûr. Mais dans cette tenue là, Blade avait eu du mal à l'identifier. Seulement, ce constat le conduisait à des conclusions troublantes. Agart et ses lois avaient-ils une influence dans sa dimension d'origine ?

— Y en a-t-il d'autres que je suis sensé connaître ? demanda Blade.

— Ah, la curiosité... Mais oui, il y en a d'autres. Certains vous troubleraient. Ils n'ont peut-être pas les caractéristiques que vous donneriez aux... sages.

La marche continua. Blade essayait de reconnaître certains visages entre les milliers de présents. Mais il n'y parvenait pas ou, tout au moins, avait-il des doutes qu'il préféra garder pour lui. Il s'étonna pourtant encore en apercevant des sortes d'anthropoïdes, voire des monstres inhumains dans cette galerie de sages.

— Ne vous ai-je pas dit que nous avions ici des initiés de toutes les dimensions ? répondit le religieux. Je dois moi-même avoir ma représentation quelque part. Mais pour ne pas flatter mon ego, je ne l'ai jamais cherchée.

Le moine bienveillant entraîna Blade vers la droite, pour bifurquer vers d'autres réseaux. Ils allaient passer entre deux rangées de statues lorsque Blade crut voir certaines d'entre elles bouger. Un instant plus tard, cette impresion devenait une certitudes : quatre personnages menaçants, en toge, recouverts d'une substance blanche imitant la marbre les encerclaient.

Le moine en blanc parvint à s'enfuir en se faufilant entre deux des silhouettes blafardes qui, d'ailleurs, ne prétèrent guère attention à lui.

Blade tira son épée et la hache qu'il avait conservée. Deux hommes attaquèrent. Ils tenaient de lourdes lames à trois pointes. Il para leurs coups et, d'un revers de sa hache traça un sillage sanglant sur le torse de l'un des assaillants. Ils se battaient bien. Blade, seul, devait combattre sur tous les fronts. Il repoussa de la garde de son épée, l'un des fantômes blanchâtres qui s'abattit contre une statue et la renversant déclenchant un effet de dominos. Les effigies de pierre basculèrent avec fracas.

Les attaquants visaient aux jambes et Blade devait sans cesse sauter afin d'éviter les coups de faux. Tout en affrontant un de ses adversaires, il sentit une présence dans son dos et abattit, en aveugle sa hache derrière lui. L'agresseur s'effondra, le crâne fendu.

Dans le même temps, Blade passait le ventre d'un second au fil de son épée. L'homme tenta de retenir la lame qui trancha plusieurs de ses doigts.

— Que se passe-t-il ici ?

Jean arrivait, conduit par le moine et accompagné de plusieurs autres membres du conseil.

Le dernier agresseur debout — celui qui avait eu le torse zébré — s'enfuit. Celui qui s'était assommé en tombant contre les statues, se releva tant bien que mal et prit le même chemin.

Quant aux deux autres, leur état ne permettait guère de les interroger.

Les arrivants étaient atterrés. Seul Jean restait impassible.

— Tu connais ces hommes ? demanda Blade.

— Naturellement. Ici, en dehors du Conseil, peu d'êtres savent se battre. Ceux-là appartiennent nécessairement aux 666 légions de Lokifar.

— Mais cela ne semble pas te troubler. Cette violence n'est pourtant pas dans vos mœurs !

— Certes non. Mais elle ne m'étonne pas. Je te l'ai dit, le

destin de Lokifar est en train de s'accomplir.

— Tu pense donc que tout est écrit ? Alors pourquoi m'avoir envoyé à la rencontre de Lokifar afin que je l'assiste dans son combat. Si j'étais resté ici, il serait mort !

— Tout est écrit. Oui, c'est certain. Mais tout ce qui est écrit ne doit pas forcément s'accomplir. Il y a une part de liberté pour tous les êtres. Il n'était pas inscrit dans le destin de Lokifar qu'il meure sous les coups de ces monstrueux anthropophages. Vos devenirs sont liés, comme le sont ceux de quelques autres.

« Rares sont ceux qui ont la force d'aller contre leur destin. Ainsi, en Agart on ne parle pas d'avenir mais de *skuld*, un terme qui signifie "ce qui devrait survenir".

Le cortège quitta la grande galerie et repartit vers d'autres secteurs d'Agart. Ils traversèrent de vastes halls. De nombreux habitants vaquaient à leurs occupations ici et là : nettoyant, puisant de l'eau de cascades, se baignant, jouant d'un instrument... Tous avaient l'air très jeunes.

— Tu m'as dit, qu'en dehors du Conseil, tous les êtres appartenaient aux légions de Lokifar. Ceux-là en font-ils partie ? demanda Blade en désignant ces figures juvéniles.

— Non. Je t'ai dit que tous ceux qui pouvaient se battre, en dehors du Conseil, appartenaient aux légions. Or ceux-là sont des âmes jeunes. Elles font ici leur aprentissage. Un jour, peut-être, seront-elles envoyées à leur tour dans une dimension ou une autre. Mais, en réalité, tous les initiés du Conseil ont également à leur service onze entités guerrières de défense. Ce qui ne fait pas grand chose face aux 666 légions comptant chacune 666 combattants menées par Lokifar.

Blade et Jean poursuivaient maintenant seuls leur route. Ils parvinrent devant une sorte de temple, sans toit. On ne distinguait pas l'extrêmité supérieure des colonnades qui se perdaient dans des sculptures arborées. Au centre du temple, se trouvaient un cercle de banquettes de pierre recouvertes de coussins. Et au milieu du cercle, une table ronde basse divisée en douze sections.

Jean invita Blade à s'asseoir ou à s'allonger à sa convenance.

Une jeune fille blonde au buste dénudée et aux seins déjà bien formés vint apporter une jatte de fruits et une aiguière de vin clair. Elle revint bientôt porteuse de deux cornes à boire en argent. Elle était, cette fois, accompagnée d'un quatuor d'adolescentes qui s'assirent pour jouer d'instruments à corde : harpe, psalterion et cithare.

— Pourquoi m'avoir entraîné ici, parce que tu es bien le responsable de ma venue , n'est-ce-pas ?

— Je n'en suis pas tout à fait *le* responsable. Si tu n'avais pas touché ceci, dit-il en sortant une émeraude de son ample vêtement blanc, tu n'aurais pas fait le saut.

— Gor-âl ! s'exclama Blade.

— Oui Gor-âl. Que nous vous avons subtilisé, dès que tu es arrivé chez nous.

— Mais comment pouvait-elle se retrouver au cœur de votre conseil, juste avant que je n'arrive.

— Ici nous échappons à toute temporalité. Nous pouvons créer, dans certains conditions, des lieux, des espaces soumis à des temps différents. Il fallait simplement que ton Gor-âl et l'autre — celle qui se trouve maintenant entre les mains d'Evolius — ne se trouvent pas dans le même espace en même temps. En réalité, elles ne forment qu'une seule pierre. Mais pas au même moment. Et ce n'est pas à toi que je dois expliquer le mystère des passages inter-dimensionnels, je crois.

Blade fixa Jean dans les yeux. Il y décela une extraordinaire malice, mais sans arrière-pensée.

— Alors, voilà, le destin de Gor-âl s'accomplit en un autre temps entre les mains d'Evolius. Maintenant pourquoi es-tu là ? Tout simplement parce qu'il y a un autre destin à accomplir.

— Mais tu semble tout-puissant. En quoi as-tu besoin d'un simple mortel comme moi ?

— D'abord, tu n'es pas un simple mortel. Tu es une sorte de sage de ton temps. Mieux, tu es un sage qui apporte sa connaissance dans différentes dimensions.

— Mais mon action, mon comportement n'est, le plus

souvent, sûrement pas en harmonie avec les lois d'Agart.

— Peu importe. Le destin seul est véritablement tout-puissant. Même si, comme je l'ai dit, tout ce qui est écrit ne s'accomplira pas nécessairement. Regarde...

Jean passa sa main au-dessus du plateau de la table basse. Celui-ci se dématérialisa. Et un bassin apparut. De l'index droit, Jean remua la surface de l'eau. Lorsqu'elle retrouva son calme, une vapeur apparut qui se dissipa faisant apparaître des formes.

La table basse se révélait de la même nature que la vasque sur la surface de laquelles Blade avait assisté à la mission de Lokifar dans l'empire d'Elrik.

Il reconnut immédiatement le palais de Bogdul et plus précisément la pièce où il avait rencontré le Touktou. Il revit Rungern au moment de l'attaque. L'atman tirait la tenture. Mais derrière, il ne trouvait rien.

L'image s'effaça, une autre scène apparut, toujours dans la même pièce, plus tard sans doute. Rungern, portant un habit chamarré, assis sur un trône, était entouré d'officiers. La scène était muette.

Devant lui, Ilni était à genoux, nue. Armyn la tenait par les cheveux. Une épée en main. Rungern, toujours assis sur son trône, semblait crier, un doigt accusateur pointé vers la femme. Blade observa avec une attention nouvelle celle qui avait été un court instant sa maîtresse. Son ventre s'était nettement arrondi. Soudain, l'Étrangleur leva son épée et tua Ilni, la décapitant d'un seul geste. Il resta là, la tête de la devineresse toujours suspendue à son poing par son ample chevelure. Du sang s'égouttait du cou tranché, tandis qu'une mare rouge s'élargissait autour du corps de la suppliciée.

Blade serra les poings.

— Dans ce futur possible, il tue Ilni sur ordre de Rungern, dit Jean, parce qu'elle était enceinte de tes œuvres Blade. Chatan — ou disons Armyn, puisque c'est son nom là-bas — avait réussi à persuader Lokifar-Rungern qu'elle avait, de ce fait même, perdu ses pouvoirs. Et c'est Armyn qui va la remplacer.

« Regarde maintenant.

De nouvelles images apparurent. Cette fois, le palais de Bogdul était délabré. Rungern était un vieillard décati, ses moustaches encore blondes pendaient lamentablement sur une peau parcheminée. Ses mains desséchées s'agrippaient au trône. À côté de lui, se tenant debout, on reconnaissait Chatan-Armyn, toujours valide avec son habit noir et sa barbe du même ton. On ressentait une incoercible impression de gâchis, de déchéance...

— Cette scène se déroule quatre siècles après la précédente, dans la chronologie de ta dimension, expliqua Jean. Comprends-tu qui a gagné, qui manipule qui ?

— Oui, c'est toi !

Jean éclata de rire.

— Bien répondu, Blade. Vois-tu, l'initié Lokifar, s'est laissé enchaîner par orgueil dans une existence humaine. Il n'a pas su retrouver l'apaisement et l'équilibre qui l'aurait ramené en Agart. Alors il se morfond éternellement dans sa misérable condition. Plus le temps passe, plus Chatan-Armyn prend de pouvoir sur lui, plus il s'éloigne du retour.

— Alors Lokifar et Chatan sont bien les mêmes que Rungern et Armyn.

— Tout à fait. Leurs destins sont liés.

— Mais comment une personnage mauvais comme Chatan pouvait-il se trouver en Agart.

— Ce n'est pas quelqu'un que je dirais mauvais. Ici, les notions de Bien et de Mal n'ont pas de sens. Je le qualifierais plutôt de truqueur, de désordonnateur, il est la force du doute, de la dérision. Chatan est un ancien dignitaire du Saintican, la force noire polarisée en opposition à Agart. Il aurait pu se libérer. Mais n'a pas su y parvenir. C'est Lokifar qui avait voulu faire ce pari, persuadé que sa Lumière pourrait éclairer une âme perdue. Et c'est lui, en fait, qui s'est noyé.

— Mais ce que vous me montrez là en fait, ce sont des événements qui se produisent dans un des futurs découlant de notre présent.

— Si tu veux. Chatan et Lokifar ont effectivement été proscrits pour des événements qui vont avoir lieu ici. Mais s'ils ont perdu une fois, ils peuvent l'emporter demain. Les événements vont s'enchaîner. Je l'ai exposé à la tentation. Il a volé une pierre et veut s'en servir pour troubler l'Ordre des mondes. Bien sûr, je ne pouvais pas le laisser prendre toutes les pierres. Dans notre royaume sans temps, ces événements ont déjà eu lieu. Il a perdu et je l'ai proscrit. J'ai condamné Lokifar à s'incarner dans une dimension, en le laissant ignorer son ancienne qualité d'initié et sa déchéance. Sa mission inconsciente était de trouver Gor-âl et de se libérer ainsi. Pour le guider, je lui ai adjoint celle que tu as connu sous le nom de Ilni. Et pour que la difficulté existe, j'ai condamné également Chatan. Celui-ci n'a qu'à laisser parler sa nature profonde pour l'entraîner sur la mauvaise voie. Seule Ilni était consciente de la mission de Rungern, et de la sienne propre. Sans pour autant connaître toute la vérité.

« Ainsi Lokifar-Rungern évolue-t-il toujours entre deux pôles de conscience. Il est une personnalité ambivalente, terrifiante par de nombreux aspects, toujours tiraillé entre des excès opposés. Vous l'avez rencontré sous son incarnation Rungern. Mais à tout instant, le destin peut basculer.

— Mais comment un initié tel que toi pourrait-il faillir ? Comment pourrais-tu échouer ?

— Je n'échoue pas. C'est le destin qui doit s'accomplir. Chacun de nous est soumis à des cycles, donc à un éternel retour. Nous naissons puis pourrissons — c'est la période du roscroi noir —, nous nous libérons — la période du roscroi blanc —, puis nous nous accomplissons — la période du roscroi rouge — en vue d'une nouvelle gestation. Certains sortent totalement du cycle pour devenir pur éther. Pour ces rares élus, c'est le temps du roscroi d'or. Ce que je viens de t'exposer, c'est la loi de Werdès, le nom que nous donnons au destin. C'est notre tradition werdétique, dont le baron Evolius est l'un des meilleurs connaisseurs dans sa dimension.

« Aujourd'hui, c'est Lokifar qui doit jouer ce rôle de

pourrisseur, pour que nous nous purifions par le combat et la destruction. Il a été choisi dans une sorte d'inconscient. Il s'y soumet, car il a conscience de la marche du destin, continua Jean.

— Alors demain, demanda Blade, c'est peut-être toi qui seras le grand désordonnateur ?

— Pourquoi pas ? Je l'ai été déjà. À tout instant, Lokifar peut décider ou non de lancer ses légions. Et s'il l'emporte — parce que tout est possible — l'ordre du monde sera celui de sa norme. Et je deviendrai un perturbateur.

« En ce moment même, il s'apprête à nous affronter. Notre Conseil est bancal, car nous ne sommes plus douze. Notre puissance est amoindrie par sa défection.

— En quoi ce combat me concerne-t-il ?

— En fait tu n'as pas le choix. Tu dois nous aider pour sauver toutes les dimensions. Si les légions gagnent, c'est leur norme qui s'imposera.

— Et que puis-je faire ?

— D'une certaine manière, Chatan est un pôle de la personnalité de Lokifar. Il t'appartient d'être l'autre. Alors, tu sauras ce que tu devras faire. Car tu t'es indissolublement lié au destin de Rungern en touchant la pierre avant lui. La prenant, tu lui as refermé la porte. Il lui revenait de la toucher et, s'il avait le cœur pur, de revenir ici. Mais quand tu as touché la pierre, elle a reconnu en toi un cœur pur et t'a expédié ici.

— Alors c'est très simple, vous me rendez la pierre. Vous me renvoyez là-bas. Je la replace. Il la touche et tout est terminé.

— Non, non, non. Ce serait trop facile. Tu as provoqué un mouvement de bascule du destin. Il faut maintenant aller jusqu'au bout. Si tu repars maintenant, les faits qui doivent conduire à sa proscription n'auront pas eu lieu. Ainsi, tu ne retrouveras pas Rungern. Pour l'instant, tu dois rester ici. Et attendre la suite des événements.

À l'autre bout de la salle, on entendit des pas rapides. Dorn, l'initié roux, fit son apparition, il tenait son gigantesque marteau entre ses mains.

— Jean, Jean ! Lokifar vient de soulever ses Légions. Il a lancé la révolte car il veut devenir le Roi du Monde. Nous avons dû fermer en hâte des secteurs d'Agart. Il en contrôle maintenant une grande partie.

— Le destin se consomme, dit Jean à Blade.

CHAPITRE XVII

Jean se redressa calmement. Il passa sa main au-dessus de l'image, le plateau se rematérialisa.

Blade avait beau se dire que le jeune souverain était un manipulateur qui prévoyait ou organisait tout, il le trouvait extraordinairement calme.

— Blade, je vais te confier Gor-âl. Prends-en soin et fais-en bon usage. À ta convenance, dit Jean énigmatiquement.

Les trois hommes descendirent les marches du temple et s'engagèrent dans les couloirs souterrains pour se diriger vers la Salle du Conseil. Jean arborait un étonnant sourire. Dorn bouillait d'en découdre. Blade connaissait suffisament l'âme masculine pour avoir reconnu dans le roux massif un authentique guerrier. Dorn avait beau siéger au sein du Conseil des initiés, il n'en restait pas moins un combattant. Et les digues ne demandaient maintenant qu'à céder. On le sentait fulminer. Il manipulait nerveusement son marteau géant, esquissant des moulinets dans le vide.

Jean souriait toujours.

— Eh bien, Dorn, pourquoi cette agitation ?

— Mais Jean, Agart est en train de tomber aux mains de Lokifar.

— On verra...

Au loin, on entendait de sourds grondements. C'était la rumeur des batailles. Les légions de Lokifar s'agitaient aux portes du domaine de Jean. Elles avaient envahi maintenant l'intégralité des autres zones d'Agart. Des bruits de chutes d'eau gigantesques parvenaient aux oreilles de Blade et de ses compagnons.

Dorn expliqua qu'il avait donné l'ordre de noyer certaines zones d'Agart.

— Mon but n'est pas de les détruire. Je ne suis même pas sûr que cette mesure les gêne. Non, cette eau a une vocation purificatrice, elle provient d'une source très sacrée qui a directement jailli d'un domaine où les âmes se rendent après la mort. Toute tension négative doit être nettoyée par l'eau ou le feu.

— Pourquoi pas... remarqua simplement Jean.

Ils montèrent quelques niveaux en parcourant de magnifiques escaliers de marbre. Des cascades laissaient courir leur onde de place en place.

Ils parvinrent enfin dans la salle aux proportions gigantesques où Blade avait été reçu pour la première fois par le Conseil. À son sommet, le dôme étoilé était resté inchangé. Ce lieu devait se trouver juste sous la cime de la Montagne du Rassemblement. Sur le plateau aérien entouré de douze colonnes, la plupart des membres du Conseil attendaient, debouts, visiblement impatients de voir Jean.

Un soupir libérateur les anima en le voyant arriver. Par petits îlots, des groupes de jeunes gens parsemaient la salle. Certains étaient allongés et pieds contre pieds formaient des étoiles. D'autres, allongés également, étaient tournés dans le sens contraire et, crâne contre crâne se tenaient les mains. Ailleurs, c'étaient des groupes de jeunes gens assis, dos à dos. Ou debout, et qui se tenaient les mains. Certains étaient immobiles, d'autres formaient des chaînes se déplaçant insensiblement. La plupart psalmodiaient des formules. Blade estima le nombre des méditants à trois cents environ.

— Ils sont deux cent quatre-vingt-huit, répondit Jean à la réflexion informulée de Blade. Exactement cent quarante-quatre jeunes garçons et autant de filles.

— Pourquoi cent quarante-quatre ? interrogea Blade.

— C'est un de nos nombres sacrés, un nombre de force : douze fois douze. C'est le nombre des membres du Conseil dans son intégralité, en comptant leurs entités guerrières. Gor-âl a cent quarante-quatre facettes.

Le trio passa au milieu d'eux. Les jeunes gens paraissaient très concentrés.

— Ils forment des chaînes de force, expliqua le Roi du Monde. Par leur méditation et les postures qu'ils adoptent, ils créent les protections magiques qui empêchent les légions de Lokifar d'approcher.

— Mais ils doivent doublement se protéger, ajouta Dorn. Si leur mission de base est de générer des champs de force extérieurs, ils doivent aussi empêcher des hommes de Lokifar de prendre possession de leurs corps et de se glisser dans les chaînes de méditation.

— Comment pourraient-ils y arriver sans qu'on les voie ? demanda Blade

— Très simplement. Lors de ce type de méditation, l'âme sort du corps. Il suffit qu'un esprit avancé de Lokifar se tienne en embuscade, si le méditant s'est aventuré trop loin ou trop longtemps, il peut prendre sa place dans son corps. C'est pour cette raison qu'ils méditent en groupe et en adoptant des postures géométriques collectives particulières. Ces formes ont pour but de protéger le groupe. Bien sûr le risque subsiste que plusieurs membres d'une de ces combinaisons physico-mystiques soient habités en même temps par les esprits d'entités hostiles. Alors…

Blade observa d'un œil curieux ces êtres absorbés par leur méditation… active !

Ils parvinrent au pied de l'escalier en marbre bleu et blanc. Les rumeurs de guerre se faisaient plus précises. À mi-montée, Blade se retourna pour observer les groupes de méditation. Certains semblaient de plus en plus agités. Ils étaient en proie au trouble. Dorn suivit le regard de Blade.

— Ce sont de grands esprits de Lokifar qui tentent de franchir leurs barrières mentales.

Les effets de cet affrontement devenaient de plus en plus tangibles. Les groupes étaient environnés par instants de brumes évanescentes ou de petites étincelles, comme des feux-follets, se déplaçant à grande vitesse. Un cercle de douze fut soulevé de terre. Pas dans son intégralité, mais par vagues. Alternativement, l'un des membres de la chaîne s'élevait, puis retombait. Alors son voisin flottait à son tour et ainsi de suite. Le spectacle était impressionnant. Un vrombissement envahit la salle, comme si un gigantesque et invisible essaim de mouches y avait pénétré.

Arrivé sur la plate-forme, Blade put constater que, si les groupes représentaient individuellement des formes géométriques, leurs positions par rapport aux gestalts voisins ne devaient rien au hasard. La figure de base des équipes qui était le cercle s'inscrivait dans une séries de super-structures plus complexes parmi lesquelles le triangle semblait le plus répandu.

Jean s'installa sur son trône. Dorn rejoignit le sien. Blade restait au milieu de l'assemblée, alors que tous étaient maintenant assis.

— Eh, bien assieds-toi, invita Jean en désignant le trône laissé vacant par Lokifar.

— M'accepteriez-vous au sein du conseil ?

— Tu peux t'asseoir, mais tu ne peux pas faire réellement partie du Conseil. Notre nombre doit rester de douze. Le titulaire en titre de la place vacante est Lokifar-Rungern. S'il revient, cette place redeviendra sienne.

La réunion débuta dans une ambiance étonnante. On aurait pu croire que Jean ignorait les bruits qui se rapprochaient, l'électricité dans l'air, les groupes engagés dans leur lutte magique, les étincelles tourbillonnantes...

— Sonne du cor, Rigdal ! intima Jean.

L'initié à la face en lame de couteau sortit une superbe corne sur laquelle était gravé de mystérieux signes qui rappelaient les kirunes d'Ilni. L'homme porta l'embouchure à ses lèvres. Un son en émana, faible d'abord puis qui enfla progressivement pour atteindre une ampleur étonnante. Si un son pouvait devenir matériel, c'était celui-là. Blade avait l'impression que la note filtrant de l'instrument envahissait tout l'espace.

Rigdal cessa de souffler, mais la note se répercuta longuement sous la voûte, vagues par vagues.

Alors, débouchèrent dans l'immense dôme des êtres qui répondaient à l'appel du cor. De son trône, Blade les vit arriver. Il y avait des femmes en armures. Certaines à cheval, d'autres dotées d'ailes de cygne et qui volaient. Des guerriers en armes accouraient également, équipés d'épées, de haches et de masses. Entre eux se précipitaient aussi des animaux fantastiques : des corbeaux-rois, des ours, des loups, mais aussi, paradoxalement, des cygnes. Lorsqu'ils furent arrivés au pied de la tribune, ils se répartirent en onze groupes. Les ours et les loups se muèrent, à leur tour en guerriers revêtus des peaux de leur animal totémique. Les corbeaux se transformèrent en religieux à la robe aussi blanche que leur plumage était noir un instant plus tôt. Et les cygnes se muèrent en belles et jeunes guerrières.

Les religieux étaient les entités guerrières dépendant de Jean. Ils combattaient au sabre effilé ou au bâton plombé. Les guerriers-ours se répartissaient entre Wod, le borgne, et Dorn ; les guerriers-loups étaient à Dyar, l'initié manchot. Rigdal contrôlait les autres combattants. Quant aux guerrières, elles obéissaient aux femmes du Conseil.

— Nous sommes entrés dans une phase décisive, commença Jean. Vous savez que notre destin se consomme aujourd'hui. Le cor de Rigdal a retenti. J'attends que chacun fasse son devoir.

Les entités guerrières secouèrent leurs armes en signe d'assentiment.

— Souvenez-vous, continua le souverain, que Lokifar et ses légions sont des nôtres. Ils sont soumis à un arrêt du destin. Mais vous devez les respecter.

À cet instant, le vrombissement devint assourdissant. L'électricité ambiante était presque palpable. Le Conseil se leva. Certains se hâtèrent vers le bas de l'escalier. Même Jean avait accéléré le pas. En descendant, Blade constata que, parmi les jeunes méditants, de nombreux corps, allongés ou debout, étaient en proie à de violents tremblements. Les étincelles étaient devenues plus nombreuses.

Des guerriers apportèrent aux membres du Conseil des pièces d'armures et des armes complémentaires. Tous se virent équipés d'un petit bracelet qui leur enserrait le biceps gauche. Blade en reçut un également.

— À quoi cela sert-il ? demanda Blade à Dorn.

— Attaque-moi, lui répondit le géant roux. Ici, au niveau du bras.

Blade leva son épée et l'abattit sur le grand guerrier. Son arme fut brutalement stoppée dans sa course. Il avait été tellement surpris, que la lame faillit lui échapper.

— Un bouclier invisible ? questionna-t-il.

— Exactement. Un champ de protection sans aucune matérialité et quasiment indestructible. Mais fais bien attention, il a seulement les dimensions d'un bouclier de combat, il ne protège pas tout le corps !

Blade était impressioné. Il se retourna vers les équipes de méditation.

Etait-ce une illusion d'optique ? Il crut apercevoir l'image de visages ou de corps qui tentaient de se matérialiser, avant de disparaître rapidement.

Des ondes apparaissaient, formant des cercles concentriques, comme le ferait une pierre jetée dans une mare. Au centre de l'un de ces cercles mouvants, un casque surgit. Puis il s'effaça. Il revint encore, coiffant une tête cette fois. Tête et casque redisparurent. Les jeunes gens qui formaient la chaîne de force étaient soumis à une puissance trépidante, secoués en tous sens.

— La chaîne va se briser ! hurla quelqu'un.

Au même moment, les cercles concentriques engendrèrent d'un coup, comme une bulle qui éclate, des corps en armure. La barrière de protection était rompue. Les entités adverses avaient réussi à s'introduire. Les jeunes gens qui avaient mené la bataille de défense se relevaient. D'autres restaient immobiles à terre.

— Restez-en place, renforcez la protection ! cria Jean. Vous devez ralentir au maximum l'intrusion des légions !

Des guerriers issus des membres du Conseil se précipitèrent vers les intrus, bondissant au-dessus des corps immobiles et concentrés. Les chocs furent violents. Acier contre acier, des étincelles fusèrent.

Des couloirs, des bruits de cavalcade montèrent. Des hurlements sauvages se rapprochaient : les légions avaient franchi les barrières de protection abaissées et déferlaient par les portes donnant accès à la salle du Conseil.

Blade se retrouva bientôt aux prises avec un monstre à l'allure de rat, ou de chauve-souris, et au corps d'homme qui était apparu au centre d'un cercle de jeunes filles.

Jean ordonna que tous les jeunes se retirent sur le haut de l'estrade. En restant là, ils représenteraient plutôt une gêne.

— Mais en poursuivant notre méditation, demanda l'un d'eux, ne risque-t-on pas d'amener là-haut de nouveaux guerriers qui vous prendraient à revers ?

— Non, répondit Jean. Maintenant que des brèches ont été ouvertes dans les champs de force, ils ne pourront plus trouver la volonté et l'énergie suffisantes pour forcer le passage. La puissance de leur attaque se nourrissait de la force de notre résistance. On ne peut plus tirer un son d'un tambour crevé ! Ils vont surtout tenter de maintenir les voies qu'ils ont ouvertes.

Le souverain mit son casque d'or et partit à son tour au combat.

Blade se battait avec énergie. Son adversaire poussait des petits couinements. Il était armé de sorte de longues faux qui prolongeaient chacun de ses bras. Blade regrettait sa hache.

Le bouclier invisible avait certes une surface importante, mais il devait être vigilant à chaque seconde. Le monstre tentait de lui trancher les jambes par un mouvement balayant de l'une de ses armes, à quelques centimètres du sol et, lorsque Blade abaissait le champ protecteur, l'autre faux visait la tête. Il devait alors repousser la lame tranchante avec son épée.

Blade entrevit brusquement un moyen de mettre fin à ce duel : il pénétra brusquement dans la garde du rat humain. D'un côté, le bouclier empêchait le bras droit de l'humanoïde de se rabattre et de l'autre, le bras gauche du rat était inopérant, il pouvait entourer les épaules de Blade, mais la faux ne pouvait pas l'atteindre. Un filet de sang s'écoula soudain des lèvres du monstre. Blade avait enfoncé son épée en travers de son corps. Il eut deux haut-le-cœur, du sang apparut sur ses lèvres, ses bras fouettèrent inutilement l'air. D'un mouvement énergique, Blade le repoussa et le guerrier-animal s'écroula.

Sous le grand dôme retentissaient maintenant de nombreux cris. Le combat était engagé. Blade se souvint qu'il était en possession de Gor-âl. Il devait en prendre soin. Et donc se préserver. Seul deux des guerriers qui avaient traversé les cercles étaient encore en état de se battre. Les autres avaient été vaincus par les forces loyales.

Blade courut vers l'un des accès. Dyar, le manchot, et ses guerriers-loups y combattaient avec fièvre. Un groupe de guerrières-cygnes les accompagnaient. Ils faisaient face à différentes entités terribles. Les “légionnaires” — c'était le seul terme qui lui venait à l'esprit — offraient un panorama de tout ce que les mythologies avaient imaginé de plus étranges en matière de créatures guerrières. La majorité était formée d'hybrides : hommes-chevaux, hommes ou femmes-serpents, sphinx à têtes d'hommes ou de femmes et corps de fauves, et l'inverse, humains à têtes de félins, voire de reptiles, de sauriens, de taureaux, mais on y reconnaissait aussi des êtres de légende tels que gorgones, trolls ou kobolds hargneux et sombres, grands singes anthropoïdes, dragons humains ou traditionnels, cracheurs ou non de flammes, phénix à la ramure flamboyante...

Comme si les créatures terribles qui hantaient les cauchemars des enfants de toutes les dimensions s'étaient données rendez-vous.

Ils débouchaient en masse. Les uns contre les autres, ils se pressaient, se gênaient, hurlaient. Au débouché du couloir, les forces blanches les accueillaient. Les créatures de Lokifar, malgré leur apparence redoutable, n'étaient pas invincibles. Loin s'en fallait. Elles tombaient même assez facilement, comme si une partie de leur vitalité naturelle était absente ou engourdie.

666 fois 666, cela faisait tout de même 443.556 ennemis ! Face aux cent trente-deux guerriers blancs — cent trente-trois avec Blade — la disproportion était flagrante. Et pourtant les cadavres des légionnaires s'empilaient. Les vagues suivantes piétinaient leurs cadavres et se laissaient tomber du haut des entassements. Même si leur efficacité n'était pas intacte, c'étaient des combattants coriaces !

Blade en fit l'expérience en affrontant un être à tête de crocodile. Son corps humanoïde était recouvert de larges écailles brunâtres. Il se battait à l'aide d'une masse d'arme équipée d'une lame tranchante. La rapidité de ses mouvements perturbait le voyageur des dimensions. Sans le bouclier énergétique, il aurait déjà été victime de l'arme acérée. Chaque fois qu'il arrêtait la masse, il tentait de pénétrer dans la garde du saurien humanoïde, comme il l'avait fait quelques secondes plus tôt avec son adversaire à tête de rat. Mais son épée ricochait sur la carapace écailleuse et le monstre, indemne, riait de ses nombreuses dents et faisait claquer ses mâchoires avec un bruit sinistre.

Blade se demandait comment conclure l'engagement. Il se souvint soudain que les crocodiles comportaient une zone fragile sous la gorge. Mais son adversaire baissait la tête chaque fois que Blade attaquait, sans doute afin de protéger ce point vulnérable. Blade frappa avec une énergie nouvelle, enchaînant les coups. Le monstre recula sous la violence du choc. Légèrement déséquilibré, il releva la tête. Blade en profita pour frapper sous la gorge, de bas en haut. La lame d'épée glissa de nouveau sur la carapace sans laisser la moindre blessure. Blade frappa de nouveau. La peau de la créature était intacte. Et le reptile se remit à rire, d'un rire sinistre, lent et profond. Il était invulnérable, le savait et n'allait faire qu'une bouché de l'impudent, lorsque celui-ci se serait épuisé. Ses yeux globuleux roulaient, luisants. Hilares, ils contemplaient l'impuissant. Ses yeux... Comme un ressort se détendant, le bras droit de Blade fila en direction de l'orifice oculaire, plantant profondément la lame qui ressortit de l'autre côté du crâne. Un liquide jaunâtre coula le long du tranchant. Poussant des meuglements terribles, le crocodile anthropomorphe recula en frappant l'air de ses membres. Il trébucha sur un corps et tomba en arrière.

Désarmé face à la masse furieuse, Blade plongea vers un cadavre. Il avait aperçu une grande hache bi-penne, d'envergure imposante. Comme un diable sortant de sa boîte, il se redressa au moment où un être porcin débouchait, poussé par ses suivants. D'un mouvement ample, il le coupa net en deux au niveau de la taille.

Blade continuait de faire tournoyer sa faucheuse. Les membres tombaient comme blé moissonné. Il jonglait avec son arme, la passant d'une main à l'autre.

Il vit Dyar, transpercé par une lance dentelée. Au même moment, une de ses guerriers-loups se cassait en deux, en proie à une violente douleur. Deux légionnaires en armure en profitèrent pour l'achever. L'initié manchot sans se démonter, commença à s'avancer le long de la lame qui le transperçait, la faisant pénétrer plus loin dans le corps, pour se rapprocher du lancier. Il atteignit son adversaire déconcerté en quelques fractions de secondes et enfonça son épée dans la gorge du lancier.

— Aide-moi à me débarrasser de ça, Blade, cria Dyar en l'apercevant près de lui.

Il indiquait la lance du menton. Blade acheva prestement le centaure qu'il affrontait, saisit la lame et tira sèchement. La hampe sortit du corps de Dyar.

L'Agartien repartit immédiatement au combat.

« Comment est-ce possible ? » se demanda Blade.

Mais ce n'était pas le moment de s'attarder. Plusieurs femmes, torse nu, fondaient sur lui. Elles étaient armées de chaînes prolongées par des masses. Les amazones les faisaient tournoyer autour de leur tête. L'une des chaînes s'enroula autour de la hache de Blade qui lui fut arrachée. Il fit un roulé-boulé entre deux guerrières qui, par réflexe, tentèrent de suivre le mouvement et retournèrent ainsi leurs masses d'arme contre les amazones qui arrivaient derrière elles. Les faces fracassées, plusieurs s'effondrèrent. En se réceptionnant, Blade récupéra instantanément les armes qui lui manquaient. Une épée dans chaque main, il attendit l'assaut. Lorsque, masses levées, les deux guerrières fondirent de nouveau sur lui, pour l'achever, il souleva d'un geste ses deux bras, enfonçant les lames dans le corps blanc des femmes.

Mais les troupes de Jean faiblissaient sous le nombre. Dyar et Svania, l'initiée chef des guerrières, peinaient de plus en plus. Plusieurs de leurs entités attachées gisaient à terre. Les deux membres du Conseil avaient reçu nombre de coups mortels. Pourtant, ils se battaient encore avec l'énergie que leur donnait la foi en la légitimité de leur cause.

Blade vit que, à tous les points de passage, le même scénario se reproduisait. Rigdal et une des femmes du Conseil, accompagnés de leurs combattants, avaient dû reculer. Ils se trouvaient presque au centre de la vaste salle. Leur retraite obligeait leurs alter ego à se replier à leur tour.

Les créatures anthropoïdes couraient et sautaient vers leurs adversaires avec des cris sauvages, déjà certains de leur victoire.

— Tue ! Tue ! Hais ce que tu veux. Telle est la Loi !

Lokifar était apparu sous la voûte, chevauchant un noir destrier. Il haranguait ses troupes sans prendre part lui-même au combat, pour l'instant.

— La haine est la Loi, la haine sous le contrôle de la volonté, continuait-il de ce ton halluciné que Blade avait appris à connaître chez Rungern.

Maintenant, les onze membres loyaux du Conseil luttaient pied à pied à la base du socle central. Six fleuves continus de combattants se répandaient depuis les accès, comme si des vannes avaient été ouvertes. Les entités guerrières survivantes étaient rassemblées autour de leurs maîtres de guerre. Tous avaient reçu de multiples blessures.

En haut, les jeunes gens avaient cessé leur méditation, devenue inutile.

Des guerrières-cygnes déployant leurs ailes s'envolèrent afin de harceler les attaquants, mais des phénix et autres êtres aériens maléfiques tournoyaient également au-dessus de la mêlée, piquant ici et là pour frapper.

Les positions loyalistes devenaient intenables. La résistance ne pourrait se poursuivre encore longtemps. Chaque initié avait en moyenne perdu quatre à cinq de ses suivants. Plusieurs jeunes méditants réfugiés au sommet de l'escalier avaient été tués par des créatures volantes. Les forces du Conseil s'épuisaient.

Blade sentait sa propre énergie décliner. Il avait rarement tué autant d'adversaires au cours d'une existence pourtant riche en combats. Ses vêtements étaient intégralement rouges. En séchant, le sang durcissait la toile. Il se battait côte à côte avec Jean. Le Roi du Monde n'avait pas perdu sa sérénité, même si, lui aussi, était couvert de sang et qu'il frappait avec ferveur. Malgré les hurlements et le choc des armes qui emplissaient l'espace, Blade l'entendait psalmodier des formules.

L'air était saturé par des effluves mêlées de sueur et de sang. Le fracas des armes était assourdissant : cris, râles d'agonie, invectives et halètements composaient une symphonie funèbre pour orchestre fou.

— Pourquoi n'utilisez-vous pas vos pouvoirs ? interrogea Blade à bout de souffle, sans perdre des yeux ses adversaires.

— Que croyez-vous que nous faisions ? Mais nous ne pouvons faire plus, répondit Jean hors d'haleine également. Il nous faudrait davantage de concentration, alors que nous avons affaire à forte partie.

Blade décapita un être hirsute, recouvert de poils, dont on n'apercevait même pas les yeux. Il avait des ongles longs et traînait derrière lui une forte odeur de poussière.

— Il faut faire quelque chose, insista Blade. Là, Lokifar...

Le voyageur des dimensions espérait que la vue du porte-lumière, à quelque distance, allait inspirer une réaction au souverain. Il ne pouvait parler plus longuement, la masse mouvante en armes se faisant plus pressante.

— Tu as raison, admit Jean.

Lokifar plastronnait en effet à moins d'une dizaine de mètres. Sur son front, un diadème était orné du rubis d'invulnérabilité. Chatan venait de le rejoindre.

— Rigdal, Dorn, Blade, avec moi ! hurla le Roi du Monde.

Il fonça dans la masse. Taillant, fauchant, défonçant, crevant, sectionnant, arrachant. Les quatre hommes étaient comme quatre furies. Ils savaient qu'ils jouaient là leur va-tout. Toutes leurs réserves d'énergie étaient concentrées vers ce but ultime : atteindre Lokifar et le neutraliser coûte que coûte. Comment ? Ils verraient sur place. Les trois Agartiens avançaient en récitant des formules. Blade ne les connaissaient pas. Il aurait bien voulu trouver quelque chose pour communier avec eux. Il chercha une incantation à prononcer, une prière, pour restaurer son énergie en cet instant crucial où il sentait ses forces décliner au cœur de cette marée, de cette tempête meurtrière. Et soudain, il trouva le mot magique qui allait le redynamiser.

— Blade ! Blade ! Blade !

Il progressait et tuait en répétant son nom, comme une incantation sauvage, oubliant sa fatigue. Le quatuor traçait une tranchée sanglante. Aucun adversaire ne parvenait à les arrêter et ceux qui tentaient de reculer ne le pouvaient pas, poussés, portés en avant par leurs congénères. Jean, Rigdal, Dorn et Blade piétinaient des corps, leurs pieds enfonçaient dans des ventres ouverts. Ils avaient du sang jusqu'aux genoux.

On eut dit qu'une divinité furieuse de la guerre à quatre têtes et huit bras s'était matérialisée dans la salle. Lokifar les vit arriver. Son destrier eut un mouvement de recul. Mais lui non plus ne pouvait bouger englué dans le flot de ses créatures agglutinées. Chatan qui voulait se mesurer à Blade en était empêché par la marée inhumaine. Il se mit à tailler dans ses propres forces pour progresser.

— Ah, ah ! exultait Lokifar. Je suis invulnérable. Je possède Gor-tec. Je vais vous pulvériser.

Il leva le bras droit, puis l'abaissa vers Jean, en prononçant un charme magique. Simultanément, Blade venait de se souvenir qu'il était en possession de Gor-âl. Au moment où un jet lumineux partait du front du Porte-Lumière en direction de Jean, Blade brandit brusquement l'émeraude sacrée. Gor-âl intercepta le faisceau rouge, juste avant qu'il n'atteigne le visage du Roi du Monde. Le rayon réfléchi repartit vers sa source et frappa Lokifar en pleine poitrine. Son visage se crispa tandis que sa main se contractait sur son cœur. Son destrier se dressa sur ses postérieures. Le chef des légions chancela au milieu de ses hommes.

Dès lors, ce fut la débandade dans les rangs des monstres. Les créatures refluèrent en masse vers les couloirs, se piétinant, se battant, s'étripant. Aux portes, l'hystérie atteignait son comble. Les créatures volantes tentaient de passer au-dessus des autres. Mais la voie était totalement obstruée.

Lokifar, comme les autres membres du Conseil des Initiés, disposait de onze entités-guerrières, onze grands guerriers en armure rouge au nombre desquels figurait Chatan. Ceux-ci n'avaient pas encore pris part au combat, ils étaient restés autour de leur Maître. Lorsque celui-ci avait chancelé sur son cheval, ils s'étaient précipités pour le protéger et l'empêcher d'être piétiné.

Ils l'entraînèrent rapidement pour lui faire quitter le champ de bataille.

Au milieu des cadavres qui gisaient à l'emplacement même où quelques secondes plus tôt s'était trouvé Lokifar, une lueur rouge pulsait. Blade s'en approcha. Il se baissa et ramassa l'objet.

Triomphalement, il se redressa et leva bien haut un diadème au bout de son bras.

— Gor-Tec ! s'exclama-t-il.

— Il n'aura pas servi longtemps à Lokifar, ironisa Dorn.

Tout à coup, les quatre hommes prirent conscience qu'une grande animation régnait au sommet de la plate-forme. On percevait des hurlements. Ils se dévisagèrent. Leurs visages étaient maculés de sang. Rapidement, ils coururent vers l'escalier en enjambant les cadavres. Certains commençaient déjà à se décomposer.

Alors qu'ils montaient les degrés, ils se rendirent compte que silence était revenu en haut, à peine troublé par des murmures. Le quatuor surgit en haut des marches, Blade en tête, et ils se figèrent, yeux écarquillés, bouches ouvertes.

Au centre du cercle des trônes, sur le cube où Gor-âl était auparavant exposé, un homme se tenait accroupi. Apparemment complètement désorienté. Il tenait un sabre à la main. Ses moustaches blondes tombaient de chaque côté de son visage et il promenait un regard bleu, froid et comme halluciné sur la foule qui l'observait. Soudain, il aperçut une connaissance au milieu de ces inconnus.

— Blade ! Mais qu'est-ce qui s'est passé ? Que fait-on ici ?

— Lokifar, s'exclamèrent ensemble Rigdal et Dorn.

— Non, pas Lokifar, sourit Blade en s'avançant vers le nouveau venu. Rungern !

Les deux hommes se congratulèrent.

— Mais enfin, Blade, m'expliqueras-tu ? Il y a un instant, je me trouvais juste derrière toi dans ce fichu palais de Bogdul. Tu ouvres une tenture. Pftt, tu disparais. Je m'approche. Une émeraude apparaît un si bref instant que j'ai à peine le temps de la toucher. Et hop, à mon tour, je m'envole. Puis je te retrouve. Tu es habillé différemment et j'ai la nette l'impression que tu te trouves ici depuis pas mal de temps et que ces gens te sont familiers. Quelle est cette traîtrise ?

— Il n'y a là aucune traîtrise, intervint une voix douce.

Le roi Jean s'avança en tendant les mains.

— Ami Rungern, vous n'avez pas lieu de vous inquiéter. Mais je conviens que vous méritez quelques explications. Nous allons vous les donner.

— J'espère bien, trancha l'atman de son ton de commandement.

Tous les assistants étaient fascinés par la ressemblance de Rungern et de Lokifar. En dehors du souverain, personne n'était au courant de cet éternel retour des événements et de la proscription de Lokifar sous la forme de Rungern. Ils ne voyaient, eux, qu'un troublant sosie.

Dans la pièce, les cadavres des légionnaires se décomposaient à grande vitesse. Leurs corps se putréfiaient. Puis, il semblaient se rétracter, devenaient minuscules semblables à de petits bulbes gris. Et avec un léger bruit, ils se désintégraient en dégageant une odeur nauséabonde. Le nombre des morts était tel que la salle fut bientôt emplie d'une odeur insupportable. Il était impossible d'y rester. Jean invita tout le monde à se replier sur les appartements royaux.

— Ils seront de toute façon plus facilement défendable, eu égard à notre nombre réduit.

Il ordonna à certains de se charger des corps de leurs camarades et de les incinérer, conformément au rituel en usage.

— Mais il y a eu grand combat, ici, siffla Rungern.

— Vous allez tout savoir, répéta le souverain.

Tous quittèrent la plate-forme. Ils reprirent le chemin du domaine réservé de Jean, là où se trouvait son temple.

Le souverain marchait entre l'atman et Blade.

— Avant d'éclairer Rungern, dit Blade, j'aimerais poser quelques questions. Déjà, on dirait que toute menace est écartée et que personne ne se soucie plus de Lokifar...

— Mais qui diable est ce Lokifar avec lequel on semble m'avoir confondu ? coupa Rungern.

— Pas d'impatience, tu vas tout savoir, répondit Jean, levant la main droite en signe d'apaisement. Pourtant ne t'y trompe pas, nous restons très vigilants, Blade. Lokifar va revenir. Mais il est, pour l'instant, neutralisé par le choc énergétique qu'il vient de subir.

« Toutefois les données vont être modifiées, maintenant, il ne pourra plus compter de la même façon sur ses légions. En perdant de l'énergie, il a perdu la capacité d'activer ces forces brutes.

— Comment cela ? demanda Blade.

— Eh bien, le lien entre Lokifar et ses légions est à peu près le même que celui unissant chaque membre du Conseil à ses guerriers. D'une certaine manière, tout n'est qu'électricité. La matière n'est qu'un mariage sacré d'électrons, d'ions et d'autres epsilons. Vous l'êtes, je le suis. Mais certains le sont peut-être plus que d'autres. Et nous, membres du Conseil, nous sommes sans doute davantage des puissances, des énergies pures, que tu ne l'es.

« Tu voulais sans doute me demander pourquoi les initiés, atteints par des coups mortels, ne mourraient pas ? Sont-ils immortels ? Et je te réponds non. En fait, un initié est constitué de douze parties. Il y a sa forme propre que vous voyez et onze éléments autonomes de défense : les entités guerrières qui le servent. Notre forme-mère ne peut mourir que si ses onze autres composants sont morts. De plus chaque fois que nous sommes blessés, une des entités est momentanément affaiblie et donc vulnérable. Tu l'as sans doute remarqué.

« Il en est de même pour Lokifar. Mais lui a, non seulement ses onze entités, dont Chatan, qui est une entité un peu particulière, car à l'origine autonome, mais il a aussi toutes ses légions. Et celles-ci lui coûtent énormément d'énergie vitale. Et cette énergie, il en a perdu beaucoup tout à l'heure. Si demain, il veut combattre, il ne pourra en même temps diriger les légions.

— Je ne comprends rien à votre charabia, gronda Rungern.

— Moi, je comprends mieux, ajouta Blade. Mais Rungern, comment est-il arrivé ici ?

— Il semble qu'il soit passé très précisément au moment où Lokifar était frappé par le rayon. Vous vous souvenez que pour revenir, Rungern devait retrouver Gor-âl et la prendre. Or vous l'avez frustré de son contact. Mais il semblerait qu'en réfléchissant le faisceau sur Lokifar, vous avez rétabli un lien énergétique entre la pierre et l'entité Lokifar/Rungern. Et c'est à cet instant qu'il a pu passer.

Le trio qui avait parcouru de longs couloirs déboucha face au petit temple.

Jean invita tout le monde à s'asseoir sur les banquettes. Rungern mal à l'aise s'installa sur le bord du siège.

— Bon, alors maintenant il va falloir m'expliquer, dit-il.

Et il se leva et, mains croisées derrière le dos, il commença à faire les cent pas.

— Je crois que vous feriez mieux de vous asseoir pour écouter mon récit, plaisanta le souverain.

Il fallut une bonne heure pour expliquer et réexpliquer au guerrier kouban sa propre histoire et le destin qui avait été, qui était le sien. Il avait du mal ou refusait de comprendre. Son visage passa par toutes les expressions au rythme où son esprit survolté traversait des périodes d'excitation intense, suivies de moments d'abattements, d'instants de doute, de mépris ou d'agressivité. Des jeunes filles vinrent servir le trio en mets délicats.

Il finit, lentement, par être convaincu de la justesse des explications de Jean, parfois relayé par Blade. Après tout, son simple transfert spatio-temporel était déjà une aberration, une invraisemblance, alors pourquoi pas tout le reste ?

Sa fascination pour le sacré et le mysticisme, en même temps que sa peur face à ces mystères, lui permettait d'admettre l'inadmissible, de croire l'incroyable.

Jean lui montra son avenir comme il l'avait montré à Blade. Rungern se vit vieillard desséché dans le palais de Bogdul. Et il n'accepta pas cette fin. Il sentait insensiblement en lui une volonté nouvelle prendre le dessus. Lui qui avait été sans cesse tiraillé entre des forces opposées, soumis à l'influence délétère d'Armyn-Chatan, que ce soit dans son incarnation Rungern ou sous la forme de Lokifar, entendait maintenant orienter son énergie vers un seul pôle.

— Je veux mettre un terme à ce cycle infernal et ramener un peu d'ordre, là où je l'ai troublé. Je m'en remets à vos décisions. Indiquez-moi ce que je dois faire.

Blade avait quelques difficultés à reconnaître en cet homme humble l'atman autoritaire, à la cruauté sauvage, aux côtés duquel il avait combattu.

— Ta décision est sage, Rungern, dit Jean. Mais la situation globale d'Agart n'est pas fameuse. Les armées de Lokifar — donc les tiennes, dans une certaine mesure — menacent toujours le royaume. Tu n'es qu'un combattant de plus dans nos rangs, mais cela suffira-t-il ?

— Peut-être, intervint Blade. Si Rungern est la même entité que Lokifar, son esprit est aussi le même, n'est-ce-pas ?

— Oui, confirma Jean.

— Alors Rungern peut connaître instantanément toutes les décisions de Lokifar, continua-t-il.

— Je le crois, admit Jean qui commençait à voir où Blade voulait en venir.

— Dans ce cas tout va bien, conclut Blade. Avec l'aide de Rungern, nous allons contrer toutes les actions de Lokifar et l'amener à la faute. Sans oublier qu'il n'a plus la pierre d'invincibilité. Je crois que notre crédit de chance s'est subitement accru, mes amis.

CHAPITRE XVIII

L'attente commença. Les forces de Lokifar s'étaient rassemblées dans les réseaux souterrains d'Agart.

Des confins du domaine remontaient des battements sourds et réguliers. On aurait pu croire que les troupes de Lokifar dansaient au rythme de tambours chamaniques. Le sol vibrait jusque dans leurs entrailles.

— Il font monter la puissance du dragon, intervint Wod.

Le vieil initié borgne était d'une certaine manière le détenteur suprême des secrets magiques et spirituels de la communauté. Jean avait glissé à Blade qu'une légende tenace voulait qu'il avait donné son œil mort en échange du Savoir.

Une légende ? Blade ne pouvait s'empêcher d'en douter…

Drapé dans son manteau bleu, tenant un bâton gravé de kirunes, Wod semblait perdu dans sa méditation. Sur son épaule, un corbeau vint se poser. Un autre voltigeait autour de lui.

— Quel est ce dragon, demanda Blade ? Est-ce l'hydre à douze têtes que Lokifar anime ?

— Non, répondit le vieil initié. C'est celui que tu as affronté en venant chez nous.

— Mais c'était une illusion. Il n'avait pas de réalité !

— Oh si, il en a une, reprit Wod. Mais cela dépend sur quel plan. Il est présent au fond de chacun de nous. En le faisant monter, on décuple sa propre énergie. Mais c'est une force qu'il est difficile de maîtriser. Tous les guerriers tentent de faire monter le dragon avant un combat. Mais rares sont ceux qui atteignent un niveau de concentration suffisant pour le réaliser.

Les entités guerrières issues des onze initiés montaient la garde devant l'unique point d'accès à la salle enchanteresse de Jean.

Autour du temple, un petit lac brillait. Des fleurs et des arbres poudrés de fleurs poussaient alentour. Des jeunes filles chantaient, une mélodie douce et nostalgique. Des jeunes gens finirent par mêler leurs voix à celles de leurs compagnes. Jamais on n'aurait pu imaginer qu'un combat terrible, une lutte à mort, était sur le point de débuter. Seul le martellement syncopé de la danse sacrée des légions de Lokifar en rappelait l'imminence.

Jean et les siens réfléchirent une bonne partie de la nuit au moyen de neutraliser Lokifar. Ses forces demeuraient considérables. Les légions qu'il pouvait aligner avaient toutes les chances de balayer rapidement les initiés et leurs guerriers. De plus, Lokifar était un redoutable combattant. Tous convinrent que le rôle de Rungern serait sans doute très important, mais sans pouvoir le déterminer précisément.

Blade prit un instant à part Rungern et lui fit part de certaines de ses réflexions. L'atman réfléchit un court instant puis lui donna son accord.

Soudain, Rungern se dressa, le regard plus halluciné que jamais :

— Ils arrivent. Je le sens. Il vient de donner l'ordre à ses troupes d'avancer.

Tous se dressèrent, tendant l'oreille. Le battement régulier avait cessé. Le fracas se déplaçait maintenant vers les secteurs où s'étaient réfugiées les forces loyales. Les guerriers et leurs homologues féminines s'armèrent. Leurs regards étaient braqués vers les couloirs d'accès d'où allait déferler l'ennemi.

Autour du temple, quelques jeunes gens s'étaient rassemblés pour mener une méditation de protection. Jean les invita à interrompre leurs formes-pensées. Cette fois, il valait mieux laisser venir les assaillants le plus rapidement possible. Leurs forces amoindries ne leur auraient pas permis, de toute façon, d'assurer une protection occulte efficace.

Deux colonnes marquaient l'entrée du domaine de Jean, soutenant une grille ouvragée à la fonction purement décorative qui ne pouvait être totalement refermée.

Comme poussées par le vent, une dizaine de boules de fourrure roula vers eux. Au pied des premiers défenseurs, les dix curieux projectiles se détendirent, se muant soudain en petits monstres velus, épées brandies.

Cinq guerriers — trois femmes et deux hommes — furent proprement transpercés sans avoir le temps de réaliser qu'ils étaient attaqués. Les survivants saisirent leurs épées et bousculèrent les monstres qu'ils anéantirent aisément.

Le gros des légions arrivait. Les damnés de Lokifar chargeaient en hurlant. Ils couraient, brandissant leurs armes. Les guerriers de Jean embusqués derrière les colonnes avaient entamé le combat. Mais la pression du nombre était telle qu'ils ne pourraient résister longtemps.

L'une des initiées du Conseil paraissait très mal en point. Blade la vit chanceler. Jean repéra très vite la cause du malaise. Sur ses onze entités guerrières, il n'en subsistait que deux. Le souverain leur ordonna de se retirer du combat. Il leur fallait absolument se préserver. En disparaissant totalement, elles auraient permis l'annihilation de leur structure-mère, l'initiée elle-même.

La lutte était féroce, des piles de cadavres s'amoncelaient à nouveau. Un véritable ruisseau de sang se déversait dans le petit lac. Les forces du Roi du Monde faiblissaient. Et Lokifar et ses onze entités-guerrières n'avaient pas encore fait leur apparition !

Blade, qui observait l'attaque depuis le temple, brûlait d'en découdre. Jean lui avait demandé de s'abstenir pour l'instant comme aux autres membres du Conseil. Mais le voyageur s'inquiétait. Une confrontation directe avec le Porte-Lumière était indispensable à la réussite de son plan .

— Il va venir, dit simplement Rungern.

— Il ne peut être loin, ajouta Jean. Ses créatures ne peuvent agir efficacement s'il n'est pas à proximité.

— Il s'attend à ce que nous engagions tous nos guerriers. Et en les détruisant, il sait qu'il détruira tout le Conseil.

— Si je comprends bien, il va falloir prendre quelques risques si nous voulons l'attirer ici ! Alors ne perdons plus de temps, mon marteau commence à se rouiller !

Dans un rugissement, Dorn sauta directement les marches du temple sans les descendre en faisant tournoyer son mortel instrument au-dessus de sa tête. Il pénétra comme l'étrave d'un navire dans la marée vivante qui déversait son flot infect. Trois têtes hideuses qui se trouvaient sur le trajet de son arme éclatèrent presque simultanément. Les corps s'effondrèrent sur le sol, le sang giclant à longs jets de leurs cous béants.

Blade, voyant que l'une des initiés peinait pour se débarrasser de ses adversaires aux physiques simiesques, se précipita, armé d'une longue épée à double tranchant, face aux créatures noires. La jeune femme le remercia d'un regard.

Une sorte de chien humain jaillit de la barricade de cadavres et lui sauta à la gorge le faisant bascula sous son poids. Il sentait les crocs de l'animal pénétrer dans la chair de son bras. Le monstre, grognant, bavant, secouait la tête avec rage. Blade assena un coup du pommeau de son épée sur le mufle du monstre qui desserra son étreinte ; mais le choc, s'il avait permis de le libérer des puissantes mâchoires ne fut pas suffisant pour le débarrasser définitivement de son ennemi. Celui-ci maintint la pression, et ses dents effrayantes cherchaient le chemin de la gorge de Blade qui parvint à saisir le cou de l'hybride entre ses mains puissantes, sans pour autant lâcher son arme. Mais les pattes griffues du fauve lui labouraient le corps. Les deux adversaires enlacés roulèrent plusieurs fois, d'un bord sur l'autre. D'un effort venu du plus profond de son être, Blade parvint à repousser le démon. Le voyageur des dimensions sauta sur ses pieds alors que l'autre bondissait de nouveau vers lui, comme propulsé par un ressort. Mais, cette fois, ce fut pour s'empaler sur l'épée brandie par

Blade. Il s'agita encore, tenta de mordre la lame qui le fouaillait puis mourut dans un dernier râle de fureur.

De nouveau, écrasés par la pression des forces hostiles, les combattants du Roi du Monde durent reculer vers le petit temple. Leurs ennemis poussaient des cris de triomphe, les grondements animaux se mêlant aux invectives. Ils se préparaient à la curée.

Dans le couloir, apparut enfin Lokifar, sur sa monture, entouré de ses onze créatures. Blade se retourna vers le temple où se tenaient Jean et Rungern. Son regard croisa celui de l'atman.

Le Roi du Monde donna l'ordre aux guerriers de repartir à l'assaut.

— Dorn, Rigdal, Dyar, Vrendel, Vania... Les forces du destin commandent !

Rungern venait de les rejoindre. Les quatre hommes et les deux femmes redoublèrent d'énergie. Ils tracèrent à vive allure une tranchée sanglante vers les cavaliers. Ceux-ci les regardaient venir sans inquiétude, sûrs de leur victoire, même s'ils ne possédaient plus la pierre d'invincibilité.

Ils ignoraient que les six guerriers protégeaient au centre de leur dispositif d'attaque un être qui pouvait renverser le cours des choses.

Rungern s'était recouvert le chef d'un voile qui dissimulait ses traits. Il avançait, dissimulé entre ses compagnons de combat sans participer directement à l'engagement. Un sabre dans la dextre, il se réservait pour une autre sorte d'adversaire !

Blade avait un objectif : atteindre Lokifar le plus rapidement possible. C'était le seul moyen d'enrayer l'hécatombe. Les légions infernales étaient encore trop nombreuses.

Chatan vit son ennemi personnel approcher et fit pivoter son cheval pour se porter à sa rencontre. Sabre levé, il chargea en hurlant. Arrivant au niveau de Blade, il abattit son épée mais manqua largement le cou de son adversaire qui s'était effacé. Alors que le destrier passait devant lui Blade sauta en croupe, saisit Chatan à la gorge et le fit choir. Les deux hommes poursuivirent leur combat au sol.

Pendant ce temps, les autres initiés étaient pris à partie par les fidèles de Lokifar. Ce dernier, quant à lui, voyait s'approcher cette forme voilée avec quelque appréhension.

Lorsqu'elle fut à un mètre de lui, le Porte-Lumière vit l'homme soulever le voile qui le dissimulait à ses regards. Il n'aurait pas été plus pétrifié en voyant sa propre mort. Il voulut se dérober, mais Rungern anticipa son mouvement et empêcha sa monture de reculer. Il saisit les rênes et tordit violemment le mors ; l'animal, la bouche meurtrie, se cabra brutalement, envoyant à terre son cavalier.

Dès l'instant où Lokifar avait focalisé son attention sur le personnage qui approchait, les soldats de ses légions avaient perdu de leur efficacité, leurs mouvements ralentissaient. Leur maître engagé dans ce terrifiant duel contre lui-même, ses créatures étaient maintenant figées, paralysés, comme sans vie.

Seules les onze entités guerrières de Lokifar continuaient de se battre contre les forces du Conseil. Les combats étaient acharnés entre des adversaires de puissance égale.

Lokifar était le meilleur des combattants d'Argat, mais il était neutralisé par son double.

Rungern anticipait en effet tous les gestes de son autre lui-même.

Blade ferraillait toujours avec Chatan. Leurs déplacements étaient entravés par les masses des créatures immobilisées. Blade parvint enfin à pénétrer la garde de Chatan et à le désarmer d'un habile mouvement de poignet. Il laissa choir sa propre arme et décocha un violent uppercut dans le visage du lieutenant de Lokifar. L'ancien dignitaire du Saintican bascula en emportant dans sa chute plusieurs monstres paralysés. Il se releva aussitôt mais fut cueilli, au cours de son mouvement par le pied de Blade qui frappa durement la pointe de son menton. L'homme à la barbe noire bascula, assommé.

Blade se retourna, Rungern et Lokifar se faisaient face, les yeux dans les yeux. N'eût été la différence de leur vêture, on aurait pu croire qu'un invisible miroir avait dédoublé le même homme.

Les duels qui opposaient les créatures de Lokifar aux combattants loyalistes s'arrêtèrent bientôt l'un après l'autre. Tous les protagonistes entouraient maintenant l'étrange couple.

Le vrai combat, le dernier combat était là.

Partageant — au-delà des différences apparentes —, le même esprit, chacun des adversaires était en mesure d'anticiper tous les gestes de l'autre. Un autre qui était aussi lui-même. Toute action leur était impossible, attaque comme parade surgissant en même temps dans leurs deux esprits.

Jean s'avança vers Rungern et Lokifar.

— Le combat est terminé. Tu as perdu, Lokifar, dit le souverain.

Cette parole eut pour effet de libérer la tension qui enchaînait les deux êtres.

Lokifar baissa la tête.

— Mais comment est-ce possible ? Comment ai-je pu me retrouver dans le même espace dimensionnel que ce double ? Qui l'a créé ? Il est impossible à deux incarnations d'occuper la même dimension en même temps, il aurait dû être désintégré, repartir vers sa dimension d'origine ou dans les limbes.

— Pourtant la solution est simple, expliqua Jean. Si simple que nous pouvions passer aisément à côté. C'est Blade qui nous l'a suggérée. Ce sont les effets conjugués de Gor-âl et de Gor-tec qui ont permis à Rungern, qui n'est qu'un autre aspect de toi-même, de prendre pied dans cette dimension. L'affrontement des puissances des pierres sacrées a créé une faille dans les deux réalités concurrentes, et vous avez pu survivre tous les deux.

« L'idée de cet affrontement est venu de Blade. Il savait que ta puissance, ici, était immense, mais tu avais perdu la pierre d'invicibilité — Gor-tec — lors du premier engagement ; il suffisait de la confier à Rungern pour le mettre à l'abri de tes capacités de combattant ; tu étais partie prenante de cette dimension, il ne pouvait pas t'en effacer et toi, tu ne pouvais l'atteindre physiquement. La communauté ultime de vos esprits, de vos deux modes de pensée, a fait le reste. Pour t'empêcher d'agir par magie contre lui, nous t'avons dissimulé sa présence le plus longtemps possible.

Lokifar reconnut sa défaite.

Jean prononça alors son verdict contre Lokifar et Chatan.

Ils étaient bannis d'Agart et de cette dimension. Pendant des siècles, peut-être, ils erreraient à la recherche de la pierre verte qui les testerait et leur permettrait de réintégrer le royaume de Jean, si leur cœur avait retrouvé sa pureté. Le Roi du Monde prit l'émeraude sacrée et la posa sur le front de Lokifar en prononçant une incantation. Quelques secondes plus tard, le Porte-Lumière s'effaçait en criant un long « Non ».

Jean réitéra sa condamnation au-dessus du corps de Chatan, encore évanoui et répéta la même formule. L'homme noir disparut à son tour. Au même moment, toutes les créatures des légions se décomposèrent en une masse visqueuse sombre qui disparut dans un nuage de vapeur qui se dispersa aussitôt. Les cadavres qui avaient commencé à se putréfier interrompirent leur processus nauséabond et se désintégrèrent comme les autres. Quelques instants plus tard, il ne restait plus d'autres traces de la bataille que les cadavres des entités-guerrières des membres du Conseils mortes au combat.

— Comment allez-vous poursuivre votre tâche sans Porte-Lumière ? demanda Blade.

— Si son Porteur a disparu, la Lumière n'est pas morte pour autant. Sa clarté est moins forte, c'est tout. Il faudra vivre ainsi. Nous sommes tous responsables de l'épreuve que nous venons de vivre.

Jean se tourna vers Rungern.

— Il est temps pour toi d'aller faire face à ton destin. L'un est parti au début du cycle, l'autre retourne peut-être au terme de ce même cycle. Rungern, tu connais maintenant les arrêts du destin. Maintenant, toi seul peut décider de t'y soumettre. Le choix t'appartient. Va !

Le souverain appliqua, à son tour, l'émeraude sur le front de l'atman qui, une fois, la formule prononcée, commença à s'estomper, avant de disparaître totalement.

— Il me reste à prendre congé de vous, dit Blade. Je pense avoir rempli ma part de contrat. À vous de remplir la vôtre en me renvoyant avec Rungern.

Jean tendit l'émeraude vers lui et la plaça sur son front. Le gemme sacré était chaud au contact. Blade crut entendre les battements d'un cœur, une pulsation vivante émanant de la pierre. Jean lui adressa un simple « Merci », accompagné d'un immense sourire plein de bienveillance. Les autres membres du Conseil affichaient leur tristesse de voir partir celui qui les avait assistés dans leur combat, qui avait été leur compagnon d'armes en un moment où le destin du royaume d'Argat avait failli basculer, en même temps que le leur …

— Tu restes des nôtres, Blade. Où que tu sois, ajouta Jean.

Puis il récita son incantation. Blade sentit son être se dissoudre. Quelques secondes plus tard, les contours d'Agart s'effaçaient.

CHAPITRE XIX

Rungern flottait dans l'espace inter-dimensionnel. Il s'était amalgamé à Lokifar au moment de la désintégration. Ils ne faisaient qu'un, définitivement qu'un. Mais maintenant, l'atman savait ce qu'il devait faire pour mettre un terme au cycle fatal des incarnations et se libérer. Il retrouverait son trône au sein du Conseil. De nouveau, il porterait haut la lumière de la Connaissance. Il mènerait ses 666 légions de 666 hommes au combat, nous plus pour semer les troubles, mais pour servir Jean. Ah oui, il faudrait qu'il songe à remplacer la place vacante laissée par Chatan. Peut-être Blade l'accepterait-il ?

En attendant, il devait retrouver la pierre, avoir le cœur pur en la touchant et repartir vers Agart. L'atman espérait que Blade ait bien eu le temps de remettre Gor-âl en place. Il ne devait pas se laisser piéger par la forteresse enchantée de Bogdul, comme la vision de Jean lui avait montré. Il ne voulait pas rester éternellement prisonnier de ce palais, englué dans un immortel et stérile rêve de puissance.

Il vit soudain des formes se reconstituer tout autour de lui. Une tenture, des dorures, une grande statue de divinité assise. Une persistante odeur d'encens lui chatouilla les narines. Il était de retour dans les appartements du Touktou. Ses mains étaient posées sur le piédestal où devait se trouver la pierre. Mais il n'y avait rien. Aucune trace de Gor-âl. Il regarda autour de lui. Des bruits de fusillades et de combats éclataient de tous côtés. Au moins était-ce une atmosphère guerrière qui lui était familière. Un instant, il hésita. Ne préférait-il pas demeurer dans cette ambiance qui était son univers depuis longtemps plutôt que de retourner dans ce monde souterrain ? De toute manière, le problème était insoluble. Le moyen de communication avait disparu. Sans Gor-âl, point de libération.

Une ombre domina l'autel de la pierre. Elle prit corps. Le visage volontaire de Blade se matérialisa au-dessus de son corps athlétique. Il tenait Gor-âl entre ses mains. Il reposa l'objet sacré. Rungern sourit et s'avança pour la toucher. Au moment où il posait les doigts sur l'émeraude, un officier, un Bonnet rouge s'encadra dans l'embrasure de la porte.

Blade eut le réflexe de crier « attention », mais il était trop tard. Un coup de feu claqua. Rungern s'effondra sur la pierre, frappé dans le dos. Il venait de prononcer le mot « merci ». S'adressait-il à Blade ou à son meurtrier libérateur ? Il glissa le long du socle en entraînant Gor-âl dans sa chute.

Blade venait de reconnaître l'assassin. C'était Armyn. Ou Chatan. Les deux en fait. Lokifar-Rungern avait déjà opéré son choix, il voulait redevenir le porteur de lumière du Conseil. Un choix qui rejetait son ancienne âme damnée dans les tourments d'une existence humaine, dans la dimension de Burga et de Bogdul, sans l'espoir de revenir auprès de celui qui avait été son maître et dont il avait précipité la chute.

Le voyageur des dimensions se jeta sur lui, épée au clair. Armyn voulut tirer une seconde fois mais son arme refusa de fonctionner. Il la jeta vers Blade qui courait vers lui, celui-ci évita le projectile. Le sinistre guerrier à la barbe noire avait sorti son épée du fourreau, les deux lames s'entrechoquèrent. Les adversaires s'observèrent quelques secondes les yeux dans les yeux.

L'énergie de Blade était décuplée par le souvenir de la scène qu'il avait entrevue dans le miroir magique de Jean : Armyn assassinant Ilni et son enfant à naître. Cet esprit de destruction, il voulait l'annihiler. Et même si le futur de cette dimension était maintenant différent, Rungern étant mort, Blade était pleinement conscient de la capacité de nuisance et de mort de Chatan, ou Armyn et de la haine maladive qu'il éprouvait pour la prophétesse.

Dans un cri de rage, Armyn repoussa Blade qui trébucha dans un pli du tapis. Armyn se jeta sur lui et ils roulèrent au sol, dans un mortel enlacement. L'ex-officier de Rungern eut un instant le dessus et abattit le pommeau de son épée sur la pommette gauche de Blade qui se fendit sous la violence du choc. Pendant une fraction de seconde, il fut sonné mais il se ressaisit à temps pour voir la lame plonger vers sa gorge. Il roula sur le côté. La pointe de l'épée se ficha dans le parquet avec une vibration métallique.

Blade bondit sur ses pieds. Armyn, légérement fléchi sur ses jambes musclées, l'épée bien assurée dans sa main, lui faisait face. Une haine brûlante, incontrôlable, habitait son regard. Un sentiment dangereux, difficile à maîtriser dans un duel où toute l'intelligence et l'énergie doivent être canalisées vers un seul but : vaincre.

Blade, au contraire, maîtrisait ses sentiments ; il y avait longtemps qu'il avait appris à domestiquer la haine. Il savait qu'il devait tuer et pourquoi. Et il tuerait.

Coup après coup, il faisait maintenant reculer l'homme à la barbe noire, l'Étrangleur, mais aussi Chatan, l'homme du Saintican. Les deux bretteurs se battaient avec acharnement. Le visage d'Armyn ruisselait de sueur. Les épées se croisèrent encore une fois. Blade d'un mouvement de poignet fit sauter l'arme de la main de l'Étrangleur. Elle vola à l'autre bout de la pièce.

L'homme était désarmé, instinctivement, il leva les bras et se jeta au pied de Blade, le suppliant de l'épargner.

Du plat de sa lame, Blade le repoussa en arrière. Armyn sur le dos, en apparence rendu à merci, tenta une dernière action. De sa botte il tira un poignard qu'il brandit, mais il était trop tard, Blade le désarma d'un coup de pied et l'immobilisa, une botte posée sur sa poitrine. Il le regarda une dernière fois. Il n'y avait aucune pitié dans son regard, seulement un immense mépris.

— Remets ton âme à ton dieu, si tu en as encore un, Chatan.

Blade le dominait de toute sa hauteur. Il saisit la garde de son épée à deux mains, l'éleva à la hauteur de son front et enfonça la lame au travers de la gorge de l'homme. L'acier tranchant la traversa de part en part avant de se planter dans le sol.

Il laissa l'arme ainsi, dressée au milieu de la pièce. Les yeux du traître écarquillés par la surprise devinrent progressivement vitreux.

Ilni vivrait.

Blade se retourna vers le cadavre de Rungern. Au-dessus de lui, une sorte de forme floue et blanche était en suspension. Dans la matière cotonneuse qui s'effilochait, Blade reconnut l'apparence de Rungern-Lokifar. L'ectoplasme sembla s'incliner un bref instant vers lui. Ses lèvres esquissèrent un improbable « au revoir ». Mais aucun son n'était audible. Puis la vapeur se dissipa.

Rungern-Lokifar avait retrouvé la paix. Du moins Blade le souhaitait.

Il restait à Blade à retrouver le Touktou, à le libérer définitivement, puis à aider peut-être à la reconstruction de la société tcherkysse.

Combien de temps les ordinateurs de Lord Leighton lui accorderaient-ils pour voir le ventre de Ilni s'arrondir ?

À l'extérieur, les rumeurs de combat s'atténuaient.

Soudain, un poignard de feu lui traversa la tête. Une douleur intense le transperça, le laissant, hagard, pantelant. Il n'aurait donc pas de répit. L'enfant d'Ilni ne connaîtrait pas son père. Les systèmes informatiques venaient de le retrouver. Il sentit son corps se déchiqueter sous l'effet des machines de Lord Leighton. Il n'avait plus de corps. Aspiré par les spirales du voyage inter-dimensionnel, il était déjà de retour dans les souterrains de la Tour de Londres.

EPILOGUE

— Tout cela est très étrange. Un Roi du Monde, un royaume interdimentionnel qui régirait la marche de l'univers, y compris dans notre Dimension ? Cela ressemble à de la mauvaise science-fiction.

— Et les ordinateurs de Lord Leighton ? N'est-ce pas, aussi, de la science-fiction ? répondit Blade.

Un formidable cocard ornait sa pommette gauche. Souvenir de son combat avec Armyn, dans le temple-forteresse du Touktou.

— Admettons, admettons. Mais enfin tout cela n'est pas très “démocratique”.

— Très quoi ?

— Démocratique. Enfin, Blade, réfléchissez, si tout est écrit et si tout dépend de ce Roi du Monde dans son domaine d’Argat, le libre-arbitre n’existe pas. Et tout ce que nous faisons ne sert à rien !

J s'agitait sur sa chaise, visiblement mal à l'aise.

À peine sorti de la Tour de Londres, J et Blade s'étaient rendus dans un restaurant français tout proche.

— Oui, Oui, vous avez raison. À moins que ce libre-arbitre que vous évoquez ne soit qu’une expression de sa volonté. Dans ce cas l’honneur est sauf et nous pouvons commander notre repas.

Le maître d'hôtel apporta deux superbes pièces de bœuf accompagnées de pommes-frites. Le chef du MI6 finit par retrouver son flegme tout britannique.

— Alors comme ça, disiez-vous, il y aurait un nouveau petit Blade quelque part dans cette dimension.

— Peut-être, sourit Blade.

— Bon, alors si la maman se rappelle à votre bon souvenir dans quelques années — on ne sait jamais —, n'oubliez pas de m'adresser votre progéniture. Peut-être fera-t-il un bon candidat pour le voyage inter-dimensionnel. Ne dit-on pas “ tel père, tel fils”...

Achevé d'imprimer en août 1994
sur les presses de l'Imprimerie Bussière
à Saint-Amand-Montrond (Cher)

— N° d'imp. 2069. —
Dépôt légal : septembre 1994.
Imprimé en France